溪情竹韵

王景集　著

感悟生活　感谢诗歌

文/高景和

　　没想到王景集诗歌第三集《溪情竹韵》这么快问世，拜读三遍，深感字里行间充满了勤奋智慧的交融，我仿佛看见这位当初风华正茂的青年诗人在迈向中年跑道的奋进中，其一部部作品也以不惑的成熟伴随在身边与之同行。生活的磁场紧紧地吸引着作者创作的欲望，岁月的键盘敲打出作者心灵的感悟，面对景集一本本敦厚的积累，我这相识多年的老友不得不刮目相看，为之振奋。

　　没有激情成不了诗人，没有燃烧写不出好作品。王景集的诗歌中，在激情燃烧中不断升温，充满晴朗的新潮色调，他善于发现美、挖掘美、捕捉美、追逐美，细微之事皆能在他的眼里闪现诗意。

　　作为当代诗人的王景集精神世界热情洋溢，他昂扬的人生情怀，自由流淌着心灵的清泉。读其作品会感受到一种源自人格魅力的芬芳，春风拂面。

　　生活是属于每个人的舞台，相识三十年来亲眼见到厚重的生活底蕴赋予这个足智多谋的诗人多才多艺。

　　工作中，涉猎四面八方的参政议政、履行职能，让景集在不断刷新作为的原野上贡献智慧；

　　旅游中，饱览风土人情的有趣阜盛，山光水色，峰回路转，让景集的手笔融进大自然怀抱；

　　交友中，热爱生活的真实网络，诚实奉献，关怀信任，让景集言而有信，仗义疏财，胜友如云；

　　狂饮中，把酒问天金樽对月，亦醉亦醒，刻骨铭心，让景集豪情万丈，笔下有神，潇洒如风。

　　虽然他喜欢美术，爱好书法，熟懂音乐，精通摄影，但对诗歌的依恋和执着，胜过其他且逐日增强。作者的豪爽，作者的睿智，作者的敏感，作者的聪慧，无不浸透在每一篇诗文的沃土中，既有生命之舞，也有梦的微笑。

诗歌创作是个体的心灵活动，细细品味，不难发现这诗中有情，诗中有爱，诗中有恨，诗中有酒，诗中有歌。我们应该感谢生活，我们应该感谢诗歌，诗歌陪伴我们站在生命高度看待一切，诗歌拥抱我们与生活同行，哪怕站在痛苦的起跑线也只是下一个喜悦的路程起点。诗歌挽起我们走进浩瀚大漠，用自己的方式安全寻找到出口，诗歌让我们彼时此刻都把自己放置到美好享受的过程中，任何事情只要过程美好结果自然会是果实累累。

三十年间诗歌始终是我和景集这个亲密无间的挚友的"第三者"，诗歌的插足，让我们争执，让我们感悟，让我们重新鉴别世间苦辣酸甜的缤纷色彩。

看着景集新诗集《溪情竹韵》这个名字，浮想联翩，溪情-小溪之情，情有独钟。一片阳光之中，潺潺的溪水自上而下，像一条银色的缎带缓缓流淌着，空旷的峡谷显得异常幽静，一种雅然的情态。作者的诗歌自然流畅如小溪流水，是岁月沉淀的精华，不辞辛劳的执着融进顺应自然的脉膊，诗歌永远是生命里那条最清澈的小溪。

竹韵-青青翠竹，风韵独具。宁可食无肉，不可居无竹，青竹虚心、有节、不畏逆境、蒸蒸日上，挺拔凌云的形态特征与我国传统文化中的伦理道德、审美意识相契合，成为"清高、气节、坚贞"的象征。

谢谢诗歌的一路伴随，笼罩着诗歌的阳光，我们被诗歌宠爱呵护着，将无所顾忌在自信中的前进！

注：中国曲艺家协会会员，著名撰稿人，国家文化部、中央电视台首届侯宝林金像奖得主，曾任辽宁电视台《七星大擂台》文学统筹。

〖目 录〗

溪情竹韵

『王景集 著』

【目 录】

溪情竹韵

『王景集著』

【目 录】

溪情竹韵

『王景集著』

【目 录】

溪情竹韵

『王景集著』

〖目　录〗

溪情竹韵

『王景集著』

【目 录】

溪情竹韵
『王景集著』

〖目　录〗

溪情竹韵

『王景集著』

【目 录】

溪情竹韵

王景集著

【目 录】

溪情竹韵

『王景集著』

【目 录】

溪情竹韵

『王景集著』

【目 录】

友情鸣谢

溪情竹韵

『王景集著』

愛之珍藏

〖 爱 〗

爱在进行
就像有阳光而暖
爱在深入
就像风吹起了海上的帆
这爱情
能有多么灿烂
浪静云涌
一切美好都在变
暴雨、洪水、泥石流的肆虐
果实在枝头受着风寒
肥沃的土地上，长出了
杂草、无奈、悲伤、叹息

爱会聚拢
也会消散
爱不会停滞
因为有情在助澜
爱的本能
使生命在轮回，循环

溪情竹韵

『王景集著』

【爱的复苏】

森林中的小屋
朝阳下披着晨雾
心驰神往的牵挂和思念那
屋前美丽的山谷，瀑布
你可知道
我已陷入心中的喧嚣、拥阻
深夜的寂寞，使我
迈开心率的脚步
和你拥抱
感受你的爱抚
沉寂的爱
在月光中宣泄复苏

溪情竹韵

王景集著

【爱的光芒】

昨天，我们飞舞在爱的天堂
千山，是我们爱的起伏
万水，是我们喘息的跌宕
没有什么可以阻隔
在异方，两颗心的碰撞
爱的交江，爱的美妙
在穹宇中闪亮、发光

【爱的诠释】

那棵小草
一直依偎着大树的根
祈求大树低头牵手
深藏相恋

冬天她静静地守候着
寂寞地睡去
春天睁开灵动的眼
花枝招展

年轮对爱说：周而复始
时间对爱说：一直到永远

溪情竹韵

『王景集著』

【成熟的花季】

我们的爱情在夏季
风浪是我们纳凉的工具
最容易受伤害的你。
请来我的港湾
我要用真心的爱
把你憔悴的心洗涤
你会变得坚强快乐
我们的爱情走进成熟的花季

【爱的伤痛】

想起你炫酷的装扮
更念你的眼神
醉倒在花丛间
几许花香沾满身

想起你的拥抱
更念你的吻
醉倒在梦境里
身前身后都是春

看着你已走远
人如落叶已断魂
心把夜拉长，紧锁
不再打开，爱的心门

【等你】

在寂寞里，用思念
丈量我们的距离
在风雨中，用牵挂
称量我们的情谊
在黑夜里，用守候
编织爱的点点滴滴
在太阳里，用激情
播散爱的蜜意

溪情竹韵

『王景集著』

【爱的伤痛】

你走进我的心房
说着爱你没商量
你无言的离去
让我在寂寞中彷徨

心被周围的气氛刺伤
仿佛要在痛苦中死亡
没有可走的道路
泥潭、黑暗、风骤雨狂

我已无力顽抗
奄奄一息，等待拯救的上苍
上帝真的派来了使者
眼前一丝光亮

这时，心魔又爬上了我的窗
摇头摆尾，祈求
要上我的床，再一次
看着自己的心，没了主张

平静的海滩，掀起波浪
抹去的伤痛，印记
在怜悯中试着遗忘
再一次彷徨，失去方向

不知道你还会怎么样
丢弃你的花言巧语
放弃那些伎俩
请求主，看看是否可以原谅

要再一次走进我的心房
你是否忘记了伤痛
我是否还会如初恋芬芳
你我的痛，已改衷肠

溪情竹韵
『王景集著』

【爱的甜蜜】

没有你的消息
不等于我们会忘记
有些痛，不愿意
对着心爱的人提起
只想让祈祷和祝福
随着甘露洒落你的心里

我知道
你就站在那里
不说话我能听到你的喘息
爱的距离
伴着爱的甜蜜

【爱怜】

爱秋天的凉爽
爱秋天的凄美
怜悯秋的眼泪
爱秋天裸身的窈窕
爱秋天的雍容华贵
怜悯叶的枯萎

溪情竹韵

『王景集著』

【爱你到彻头彻尾】

爱你到彻头彻尾
控制不住情感
不然我不会喝醉
明明知道我的爱
为什么你老是挣脱我的追

爱你到彻头彻尾
很想见到你的面
面面相觑无言以对
明明知道我的爱
为什么让我遭相思的罪

你伤了我的心
不是我不珍惜这个机会
有一天下起渴望的雨
我也无怨无悔

溪情竹韵

『王景集著』

【晨曲】

阳光穿透冰冷，
湖水挥洒温暖。
山峦雾霭缭绕，
小村炊烟舒缓。

【爱情的秘密】

你不会知道我的痛苦、孤寂
因为你不在时，我才痛苦、孤寂
这是爱情的秘密

你和我已经是一体
但我也许不是你的唯一
伤心会激发勇气

当你真正知道我的痛苦、孤寂
也许为时晚矣
分离已成定局

溪情竹韵

『王景集著』

【定位】

你我之间
一直无法定位
在你我心中
那情感实在是美
只恨相识太晚
不能双宿双飞
今生不能作为比翼鸟
来生约定再相随

【 爱之战 】

在那支离破碎的爱情里，折射
撕心裂肺的惨痛
如战场上的对峙，拼刺
挣扎，纠结
越来越收紧最后的领地
直至溃军

在百孔千疮的爱情故事里，独守
养精蓄锐。图谋忘记和再起
残垣断壁堵塞所有的出口
大悟，还在城的一偶
灰烬散着烟雾，企图
复燃。已没有意义

在爱情的战争里，走过
新的希望随着硝烟散去，明朗
战事的阴霾漂浮着，心悸
一些光亮，在
夜的那头闪动
撩拨无眠的启明星

溪情竹韵
『王景集著』

【别了，心爱的姑娘】

我心爱的姑娘
你的离去，我已没有悲伤
是你留给我空间
把我的幸福与你分享
曾有的快乐不要想
曾经的痛苦把它埋葬
你可知道
最美好境时光能有多长

我心爱的姑娘
你我已经走出了相恋的磁场
我的不情愿
增强了你的追求和向往
天不再高，水不再深
海阔天空任飞翔
你可知道
还有念你想你的故乡

别了，我心爱的姑娘
天涯咫尺永相望

溪情竹韵

『王景集著』

〖不可遇的雨点〗

我是一只老鼠
囚在两只猫的中间
小心翼翼
两头为难
两只猫厉爪
我拼命躲避团团转
逃离真的很麻烦
多么希望
猫们高傲的走远
渺小的生命为什么这样悲惨
撞上了不可遇的雨点
不惜生命短暂
叹息没有完成上帝的意愿

溪情竹韵

『王景集著』

〖中秋·感怀〗

明月照醒万家愁，
浩日推转时光流。
低头半载尚无果，
举首一年又中秋。

【不弃不离】

你如花的容颜
如玉的躯体，已变成
空中飘浮的彩云
站在岁月的前面，对我
已没有意义

我不挽留，你
却不肯离去

你用来擦拭我眼泪的语言
用来抚慰我的情绪
像广袤的草原
永远在我心海里泛绿

溪情竹韵

『王景集著』

【羁绊】

不再枕着眼泪入眠
眼前是梅花顶雪的笑脸
放弃思念的痛苦
身边是自由飞翔的蓝天
释放了你，解救了我
逃出情感的羁绊

【不如明了吧】

我们的爱
已经相悖而行
心里都装着痛
不如明了吧
让我们在一起喝个痛快
唤醒痛苦
把曾经有过的痴情扔到天外

我们的爱
牵扯着，越离越远
心里都装着痛
不如明了吧
让我们在一起喝个痛快
叫醒哭泣
把往事还给无奈

为什么要等待忍耐
为什么不直接告白
还是明了吧
有阳光你会灿烂
有春天花会再开
我们都需要一个空间
把自己重新安排

溪情诗韵

『王景集著』

【承诺】

自从那时你选中我
我心里就种下一个承诺
不管你怎样
不论你如何
我们都要白头到老
我们定能幸福的过

自从我俩山水相隔
我就一直默默践行承诺
念着你的情
忽略你的错
我们一定会再相聚
我们一定有新生活

告诉西去的列车
速度让人更加珍惜承诺
夕阳无限好
秋日重收获
我们幸福的手挽手
我们甜蜜的乐上乐

溪情竹韵

『王景集著』

【 承受 】

那根藤还是挂念着你，但
记不起，为何要分离
花前月下的剪影
乘风、乘云而去
那承诺，变成空壳
飘在旷野里

那颗星星眨眼看着你，但
寂寞着，斗转星移
默默等待那一天
理解、读懂那份爱意
那流星，划过夜空
愿望刻在心际

【 蠓虫的歌 】

懵懂中，走进爱情
掉进蜘蛛编就的漩涡
梦幻里，被柔软的席梦思
侵蚀，心被刀分割
绞痛的思绪
泪水，飘落
束缚的手脚
已无法逃脱
一只蠓虫被无情的吞噬，淹没

溪情竹韵

『王景集著』

〖垂柳〗

湖边，我们相识了
在秋天收获热恋
你飘逸的发，弯弯的眉
正是我梦中的缘
是你夺走了我的目光
是你收割了我的心田
金色秋天的歌声啊
在小溪旁，树林边委婉的盘旋

恐怖降临
都源于那猜忌、嫉妒的严寒
你象植物人一样僵直着身躯
不削一顾的紧闭双眼
不知所措，不断抚摸
翻动着你的肢体，呼地唤天
这一生只为你守候
喜怒哀乐的悄悄话与你相伴
你是我的唯一
真爱的故事如歌如泣呼唤

春心被感动了
你慢慢睁开双眼
秀发开始摇动
抚摸我满是泪痕的脸
垂柳愧疚地弯下腰
把自己深深的植入
为之感恩的大山

溪情竹韵

『王景集著』

【垂柳】

我是垂柳
在路边、湖边
为你守候
盟约已印在我的心头
为那份深爱
敞开胸怀，张开双手
春风般温柔

我是垂柳
在园林、田野
为你独守
思念让我默默地低头
为那份牵挂
摇动发髻，抖落情愁
柔情似水流

溪情怀韵

『王景集著』

【今生缘】

今生我们无缘，只是擦肩
尘世间跌宕起伏
那份牵挂没减
捡起如今燃烧的激情，修炼
穿越黑暗
身后幸福温暖

【 祈求 】

情一次一次没能把握
脚步太快
没法琢磨

爱一次一次错过
总是无可奈何
把时光蹉跎

心一次一次失落
迷茫、寂寞
心在焦灼
我已掉进漩涡
上升下落
祈求救命的绳索

溪情竹韵

『王景集著』

【 黑暗 】

黑暗中，看不见自己
一切行动都失控
所有的事情都在合情合理的发生
为此，有人立字牌坊
有人进了狱中

〖等你〗

你的哭泣
告诉我一个小秘密
你的脆弱和善良
悄悄地流进我的心里
也许你不会需要我
但我愿意默默地陪你哭泣
我会默默地站在你背后
等待，擦干你转身的泪滴
你最阳光的时候
我会在很远的地方
为你喝彩、欢愉
不管你是否知道有我的存在
脆弱和善良总会连在一起
等你、等你

溪情竹韵

『王景集著』

〖牵挂〗

躲进某一个时间
回味一段时光的掌纹
躲在某一个地点
想念一个站在来路
也站在去路
让我牵挂的人

〖等待不变〗

桃花开了
粉红的惹眼

不知道是否还记得我们的约定
在那小溪边
在田野里
在喧闹的城市
在深山

窈窕的身姿
是我梦寐的期盼

我知道
竹的伟岸让你敬仰、心欢
你中意田野的广袤
喜欢都市的色彩斑斓
大山的挺拔
撩拨你的遐思无限

你不会失约
我的等待不变

溪情竹韵

『王景集著』

〖等你爱〗

等你爱
等你爱

花儿逢春自然开
蜂、蝶翩翩来
心上的人儿，在等待
蓓蕾为君敞心怀

今生的缘分谁来裁
幸福的大树谁来栽
不要等到花儿落
爱情树下仍徘徊

花儿无言好心痛
面对蜂、蝶真无奈
有缘不遇，擦肩过
鲜花定要当季采

等你爱
等你爱

溪情竹韵

『王景集著』

【放手】

时间的堆积，距离的拉伸
情感被现实束手
曾经地热恋并没停演
只是被浮尘封存在记忆的街头
放手，很难说出口

你已转身，云样的消散
往事的泪已收
一直在想象你的未来
记忆的深巷走出褴褛的愧疚
放手，我心好难受

你的点点滴滴已成数码
在我向你敞开的碟片上滞留
断断续续的美丽画面
淹没了难以诉说的丑陋
放手，强忍泪儿流

心已成为雾都，等待阳光
让泪结晶，抚平泪沟
自己走自己的路吧
阳光满途，人生悠悠
放手，才有新的追求

放手，我会记你到永久
放手，不再有新的索求

溪情竹韵

『王景集著』

【都会过去】

没有过不去的山
没有晴不了的天
再苦的日子也只是一瞬间

没有过不去的河
没有解不开的怨
再痛的感觉也只是一闪念

不怕世事万般难
就怕任性钻角尖
豁达、大度、容忍天地宽

溪情竹韵
『王景集著』

【盖头】

被季节遗忘
爱情高高地站在枝头
散放甘甜和美丽
无奈，在秋风中瑟瑟地颤抖
喧嚣归于平静
阳光收回热捧的手

自从那场雪
盖严了最后的河流
心开始凝固
沉入河底
冰的盖头，重压
端坐，寂寞地等待
那个时候

【放弃】

命运安排我们地相遇
一直盼着你的消息
来电显示，总是看不到你
怎么了？你是否也在等待
还是戏要大男子主义

命运安排我们相遇
渴望再次相聚在一起
你已经刻在我的心里
怎么了，你是否也在等待
还是我自己空欢喜

命运安排我们地相遇
辗转反侧，呆呆望着天和地
为什么不实现你的期许
怎么了，你是否也在等待
无缘、无奈只好放弃

溪情竹韵

『王景集著』

〖过后〗

在KTV，酒楼，我
不是很富有
看着她的美貌，那双
会说话的眼睛
用百依百顺乞求
不自觉的，把手伸向装钱的兜

醉酒，总有醒的时候
面对拥挤穿梭的人群
心里很空
看着霓虹灯完美滑动
失落，在空杯面前发呆
无奈，在账单上发愁

溪情诗韵

『王景集著』

〖你是我心中的诗曲〗

离开你，我就没有了诗意
体内的灵魂被牵了去
灵感迷乱漂浮
觅不到一寸情诗发芽的绿地

离开你，我就没有了诗意
只剩下了空空的酮体，思绪随处飘荡
纤指擎不起五寸画笔

明白了
你就是我心中的诗曲

【忽略】

一直往前走
走得匆忙
弯曲起伏的路
踉踉跄跄
叹息，蓦然回首
你就在身旁
那默默关切的眼神
使眼泪汩汩流淌
请接受我真挚激情的拥抱
你曾经的话语响在耳旁
"如回头，我就在你身后"
因忽略，捶胸顿足的感觉
悔恨难当

你是我的神圣
为我前进，给力、领航
你的微笑，是我
温馨的海港
所有胜利的鲜花美酒
都归你，如愿以偿

溪情竹韵

『王景集著』

【花】

你是冬季里含苞的玫瑰
阳光为你撒满金辉
温暖的笑靥
弥漫着幸福的香味

你是冬日里的蔷薇
锋利的刺装饰你的高贵
孤傲的庄重
孕育着希望的蓓蕾

你是冬天里绽放的红梅
飞雪为你妆扮裙帏
圣洁的身姿
欢喜着甜蜜的春泪

溪情竹韵

『王景集著』

【距离】

走着走着
时间就变短了
人就变老了

前边的、后边的
快跑和慢跑了几步
都没有缩短和拉长那段距离

家乡来人了

家乡来人了
那一声声问候，轻轻翻开
封存在心底的思念，在脑际
上演杏花、梨花、桃花的妩媚
上演花丛中少小嬉戏的身影
上演悲喜交加的乡村恋情

家乡来人了
那一声声撩拨心弦的乡音
轻轻地推开装满往事的仓门
从中走出了辽西汉子四季的悲喜
走出了十年九旱的荒芜和苍凉
也走出了风华正茂的畅想

家乡来人了
酒菜飘香
叙不完那长满谷穗的沟沟坎坎
叙不完那村村户户恩怨情长
忘不下那红薯的甘甜
更忘不下香喷喷的高粱米、小米水饭

我的家乡呦
在春风里，你变了模样
我的家乡呦
在秋的艳阳中，变得丰硕
我的家乡呦
你是我梦牵魂绕的向往

溪情竹韵

『王景集著』

〖激情过后〗

年轮让我感觉
激情过后的空虚寂寞
岁月的沧桑
总是拦截奔腾、激情的车
站台上的喧闹、空旷
喜少悲多

在离别的泪还没干的时候
跃上满怀希望的奔波
逃离，走出希望
满目茫然萧瑟
仿佛又回到了一个终点
源于喜的失落

溪情竹韵

『王景集著』

〖泪滴〗

城市里的暴雨，是
所有爱情的堆积
让人手足无措，心情焦虑
暴雨啊
会猛然扑向你
不会长久，很快就离去
遗落的泪滴
悄悄走进心里，躲进回忆

【花儿，静静地开吧】

这已经是第56次
推开春的大门
沉重的双臂在春天里轻舞
那些花朵，似曾相识的向我涌来
我重复的默念
都是我前世的缘

春风轻轻地吻着我的额头
牵起我寂寞已久的手
领我再一次奔向黄昏
奔向深秋

我看到了花儿的泪水
还有哀怨的相思愁
花瓣雨投进大河
飘荡成回忆，走进我梦的窗口
不要怨我无情
我必须紧随春的脚步
让空虚、无奈、寂寞变成绿州

花儿，静静地开吧
不管你在哪里
我都会不舍的和你一起走到最后

溪情竹韵

『王景集著』

【绝世无双】

南方的姑娘北方的汉
不一样的水，不一样的山
汉子粗犷
姑娘善良
结成连理，喜洋洋
绝世无双

我的郎
在外驻守，把我的心带上
我的妻
在家，好好伺候咱爹娘
哎呀，相聚我们共奖赏

我的郎
宽宽的肩，力量大无边
我的妻
柔柔的身段，花一样的脸
哎呀，我们的心里比蜜甜

我的郎
诚实忠厚，花草不沾
我的妻
聪明伶俐，忠贞检点
哎呀，我们真是好姻缘

南方的姑娘北方的汉
不一样的水，不一样的山
汉子粗犷
姑娘善良
结成连理，喜洋洋
绝世无双

溪情竹韵

『王景集著』

【回家】

漂泊的游子
当你在最危难的时候
最想的是啥

身在异乡漂泊的你呀
遭遇暴乱
祖国迅速向你伸出援手
同胞兄弟寄予无限牵挂
回家，回家
海、陆、空三管齐下
我的游子兄弟呀
噙着激动的泪花，安全抵达

漂泊的游子
我知道了，家和母亲
在你心中是多么伟大

溪情竹韵

王景集著

【呼唤】

宝贝，起床了
轻轻的呼唤
充满爱的阳光

孩子，站起来
鼓励的话语
长出栋梁之才

大鹏，飞吧
深切的叮嘱
编织生命的佳话

溪情竹韵

『王景集著』

【梦醒】

我们梦中相遇
欢畅的紧紧地抱在一起
畅游在爱河里

我们梦中追逐
紧紧依偎，酣畅的倾诉
臂弯的时光永驻

我们梦中相扶
穿越崎岖爱情的路
相守花开，梦醒芳菲处

【感觉】

在灯红酒绿的夜晚
心情随着酒的液体飘散
眼前的物体在朦胧中晃动
酒的烈性穿透血液
在思想的深处泛起疼痛
在这个过程中，达到目的
没达到目的，都在燃烧中升腾
有的人利用他走向成功
有些人丢去了生命的时间及赛程
更有些人，用鲜血把朝霞染红
感觉，推快了时钟

【空怨恨】

我憎恨年轮
然而挣脱不了年轮的包裹
我厌倦周而复始的重复
却不由自主地卷进生活漩涡
旋转的起起伏伏
背着痛苦寻找快乐
希望的阴影下
喜少悲多
寂寞、痛苦、空怨恨
壮志未酬岁已过

溪情竹韵

『王景集著』

〖看不到你〗

时间，我看不到你
透过春天
看到了你的美丽

空气，我看不到你
透过风霜、雨雪
看到了你的魅力

掠过视线，我看不到你
透过时空
看到了你存在的意义

. . . .

虽然看不到你
我可以想、感知
宇宙、世界、人类的妙趣

溪情竹韵

『王景集著』

〖你选择了我〗

你选择了我，请你加倍珍惜
我会无时无刻的念着你
我的心只有和你在一起

你选择了我，请你常和我联系
因为我已经在为我们的今后努力
忘我，是为了建造你我的小天地

你选择了我，我会永远铭记
你是我心的唯一
海枯石烂不离不弃

你选择了我，这是你、我的福气
我不会辜负你的情意
只要我们携手，就会有美好的结局

溪情竹韵

『王景集著』

〖离恨〗

一段情感
被时空撕成两段
在虚拟中，痛苦、牵挂
泪流两岸
积怨生恨，容不得
任何劝慰的语言
此中的无奈，只有
祈求时间
在尘埃中，痛苦地窒息
在冥冥中，再续前缘

溪情竹韵

『王景集著』

〖等着······〗

不知道为什么走进陷阱
只是一些言辞
被无端的沾上骂名
莫名的情绪一起袭来
最终的感觉是被冤枉的痛
人的好不被人知
人的善良也会被倩用
就是这样的一个现实呀
不解释，等着你清醒
不愤怒，等着你还我一个公正

【路遇】

上学的路上
每天清晨与你相见
各奔东西
每天盼望这快乐地擦肩
你是帅帅的哥哥
心中充满暗恋
你是慈善的师长
是求知的动力和源泉
你的伟岸
羞红了花儿的脸
你可知道一朵小花
每天伴在你身边
无法表白
你是否在意青苹果的酸
喜欢这条路
念着你的臂弯
无法述说
你是我一生的不变

溪情竹韵

『王景集著』

【那句话】

心里有暖，坏天气也变得舒缓
困苦中有安慰，就会闯过险滩
你那轻轻的一句话
让我一生记心间
循着你的那句话
找到了最美、最幸福的家园

【举起这杯酒】

——宽容温馨QQ群聚会有感

我一直醉在那个梦里
还没有醒来
一派欢声，一片花海
不愿意离开

在夕阳中徘徊的人
举起这杯酒，激情满怀
被扭曲的人生
举起这杯酒，坦荡从容、阳光七彩
走过冬天的花儿
举起这杯酒，在春风里含情脉脉
此刻，一切都是快乐的
此刻，一切都充满爱

我醉在那个梦里
请不要让我很快醒来
远离纷纷扰扰
在烈酒和歌舞中倾情豪迈

溪情竹韵

『王景集著』

【离开】

冬，板着脸
在城市的每一个角落探头探脑
跟踪窗内的花开花落
探寻属于他的贞操
每一句悄悄话，都能被他放大传送
用狂风暴雪展示他的烦躁
在他心上，岌岌可危的爱情
在春的面前显得微不足道
城市都是他的情敌
悻悻的离开，躲进贮藏的巢
春在欢呼了
喜悦盛大如潮

【破碎】

一串含不住水的葡萄
在怀里破碎
渴望的珠子站在葡萄的表面
一滴一滴下坠
在山坳里宿根
开花，结果

溪情竹韵

『王景集著』

【砺炼】

在内心深处，装满
正直
在太阳下面，光耀
勇敢
在柔情里，呵护
爱情
在春天里，播种
美满

在婚床的缝隙里，滋生
移情
在迪斯科音乐的摇摆里，产生
别恋
在擦肩而过的瞬间，碰撞
火花
在灯红酒绿的朦胧中，升腾
烈焰

在四季的更替中，焕发
激情
在燃烧的晚霞里，砺炼
明天

溪情诗韵

『王景集著』

【老师】

老师
你无时不在我的身旁
你是我体内的血液
资助我的成长
你是我心的旋律
为我人生构筑华丽的新房
你是我一生的陪伴
谆谆教导永远在我耳畔哞响

你用生命，化作雨露
浇开遍地花香
你用生命，化作能量
使人类的脚步更加铿锵
你用生命，化作航标
人类才有前进方向

老师
你是人类的魂，世界
因你而夺目芬芳
老师
你是地球的魂，宇宙
因你而不再迷茫

溪情竹韵

『王景集著』

冷却

与你再次邂逅的点点滴滴
在暑季蒸腾和燃烧
彻夜难眠，就如
心被蚊虫叮咬
潮湿、压抑、郁闷
无处宣泄，伴着
海啸、滑坡、洪涝
一切挣扎
在无声处消失
一些哀怨
在夏天的出口处喧闹
渴望一种冷却
淬火的钢才能造出锐利的刀

偶遇

有你真好
总是按耐不住自己的心跳
一切都是自然、亲切、明了
我已经坠入一个梦幻天地
在陌生的境遇，找到一个
爱不释手的珍宝

溪情竹韵

『王景集著』

【恋歌】

小时候，我的冷暖
都在妈妈的心窝
每一寸的肌肤
都得到妈妈爱的抚摸
长大的路程啊
有妈妈牵手
就没有过不去的山、河

妈妈送我前行的脚步
没有停过
一座沙丘、一座峻岭、
一方湖泊
你停下脚步
不舍的别离
是我心中永恒的恋歌

【启示】

经历、阅历
使你变得聪明
伴你成长，让你像挺直的松

在生死线上徘徊
你会知道
生命的渺小，过程可笑

溪情竹韵

『王景集著』

〖恋你的心〗

坚信你就是我的初恋
但你离我越来越远
一朵花在风中摇摆
为何你不懂来采

坚信你就是我的爱
为什么你会不理不睬
难道今世你我无缘
花开花谢为你等待

坚信你会知道我的存在
我愿意默默在你身边徘徊
等你目光的捕捉
我会像小鸟扑进你的心怀

坚信你会向我走来
相信你会冲破重重阴霾
阳光和花香的日子
你来抚慰我的的花开

溪情竹韵

『王景集著』

【恋曲】

你我曾经谋面
那是神的旨意眷恋
你我北辙南辕
走上痛苦轮回的圈
这不是背叛
那只是静静的擦肩

你我曾经相见
那是天的旨意言欢
你我东北西南
成寂寞纷飞的劳燕
这不是恩断
那是为建美好明天

苍茫大地
一个居北，一个在南

想你，你离我遥远
爱你，你不在身边
让风儿捎去情话
让月亮带去笑脸
何时我们再续前缘

溪情竹韵
『王景集著』

【梦】

清晨，委婉的哀怨
铿锵的叫骂
从挂在阳台上的鸟笼里泻下来
和着报纸的文字
流进藤椅上老翁的梦

战争、灾害
罪恶、运动
拧成龙卷风，划出一道道沟壑
在心的深处恐惧、疼痛

跌落，一只在云中迷途的鹰
接近黄昏时惊醒
藤椅在明暗中晃动
一些文字躺在地上，演绎
那争夺时间的生命

溪情竹韵
『王景集著』

【梦的微笑】

把我的思念变成流水
不是露珠
更不是眼泪
浇灌爱情的花蕾

把我的牵挂变成流水
她像彩练缠绕
在你的心中鼎沸
甘甜变成蝴蝶飞

把我的梦想变成流水
静静地流在崇山峻岭之间
摇着你入睡
醒来时会看到，太阳那梦的微笑

【心】

心跳，容不得杂音
更不能容不齐的心律
心的血管容不得杂沉
装不下杂乱无章的牵挂和思绪
假如不慎
会很快带着遗憾命毕

溪情竹韵

『王景集著』

〖你来过〗

我清楚的记得
你昨晚来过
捧着我的脸
吻着我的额头
没有任何语言
只是紧紧地拉着我的手
温情和着漫天白絮
无限轻柔
一点点屏息相拥
你抽身便走
正是我惊醒的时候
我确信你来过
清晨窗外的白雪
见证你我的邂逅

〖痛的折磨〗

我已无颜那段恋情
分手、结合成了最终的选择
放弃过去
背上背叛的恶名
拥有现在
如出同辙的爱，将会如何
痛，痛的折磨

溪情竹韵

『王景集著』

【想他】

雨天，我想他
在旅途，碾碎多少汗滴

雪天，我想他
在旷野，是否扛得起寒气

风天，我想他
在市井，能否避开纸醉金迷

闲暇，都在想他
在心里为何也挥之不去

想他，如泪水注进油箱
心就有了跳动的能力

【秋夜】

封存的爱情，在
那个秋天，像菊花一样开放
枫叶一般火红

晚风悄悄地传递芬芳
在秋的夜，合欢、交融
距离阻挡不了，咫尺天涯
那激情的欢声

至此，两颗心
两只蕊，叠印在一起

溪情竹韵

『王景集著』

〖念慈〗

当一颗嫩芽，成长为母亲的时候
幸福着膝下的果实

母亲的痛，没改变你的性格。
母亲的伟大，并没成为你的装饰。

用你最质朴的性格呵护
用你的坚韧，上演养育的如醉如痴

河水静静的流淌，岁月心痛的
收起你黑色的发丝

你带着回顾的微笑
轻盈、摇曳，谱写出一首新的念慈

注：念慈，是由一首歌《念慈恩》而来。

溪情竹韵

『王景集著』

【那些日子】

你是我的渴望
飘在我的梦乡
你是我的爱人
行走在我的心上

有你的日子
我犹如沐浴艳丽的阳光

你的容颜
住进我的心房
你的话语
是我窗前鲜花的芬芳

爱人呦
我在被你燃烧，被你点亮

溪情竹韵

『王景集著』

【朋友情】

在黑暗的痛苦中
你是我周围璀璨的星
燃烧我的心，在最困惑的时候
为我点亮塔灯

在昏暗的寂寞中
你是我身边飞舞的萤火虫
安抚我的心，在最迷茫的时候
指点我的前程

朋友啊，你是渡我的船
你是我焦灼中渴望的清风
你是我饥渴中的甘露，不能没有你
你是我的灵魂和生命

溪情竹韵

『王景集著』

【为你】

我结识你，在
开满鲜花的植物园
我惊异
每朵花都如你的脸
后来，有了
不自拔的深陷
你所有的秘密，都成了
我心的萌芽，思绪的峰巅
你占据了我生命的整个时段
燃烧的生活，为你
写出绚烂的诗篇

【七夕，失约】

牵牛花在我的房前屋后疯长，开放
通知鹊桥会的佳期
我已厌倦了，相见的苍凉
那份爱已被现实代替
我厌倦了那跋涉的路程
那扁担已不能再承受弯曲
渴望，在尘世化水成河
那牵挂已长了翅膀，飞离
钢筋水泥吞噬了那片田园
一片灰暗，上演新的悲剧
失约，无奈辜负了你

溪情竹韵

『王景集著』

【祈福】

我的朋友
背负着生活的沉重
奔赴最新发现的那片
适合耕耘的土地
辛苦还有疲惫
掩饰不住狂热的心喜

看出来了
他们是抓住了机遇
恰好是个春天
希望充满了心里
只等风调雨顺
美好和愿望开满大地

溪情竹韵
『王景集著』

〖评价〗

有人说读不懂你的诗
那不是你的问题
因为那不是写给他（她）的

有人说我喜欢你的诗
那也不是你的问题
因为那确是你写给他们的

有人说你的诗架构不好
那不是你的问题
因为你记录的是你自己的跳跃灵感

有人说你的诗歌没有味道
那也不是你的问题
上善若水是你追求的目标

. . . .

无声就是最好的评价

溪情竹韵

『王景集著』

【期待】

我相信缘分
更相信一见中意
我会珍惜

真的有一天，你
出现在我的面前
我会咬牙切齿地说：我抽你
这些年你一直躲在哪
你根本就不懂
等待的心戥

不管你是否愿意
我都坚守在这里
等你挽起我的手臂
给我盘起长发
穿起嫁衣

溪情诗韵

『王景集著』

【牵手走回甜蜜】

昨天我们还甜甜蜜蜜
今天就分离
让我难以接受
心里仍然牵挂的是你
是谁夺走了你的心
究竟发生了什么问题
再让我们谈谈吧
也许是因为无意
不要太轻率
我在等你的消息
多么希望我俩
牵手走回甜蜜

【求你】

请让我慢慢的走近你
痛斥初识的放荡
真诚的求你原谅
珍惜你，像我的新娘
也许你已经走过
那我就抓住你身后的芬芳
放置在每天可见的地方
释放我的祈求
放飞我的梦想

请允许我渐渐地爱上你
憎恨曾有的情商
真诚的求你原谅
不知道，可携我飞翔
也许你会停下来
那我会把情系在你的指上
让爱放射出耀眼的光芒
举起我的理想
挥洒我心阳光

溪情竹韵

『王景集著』

【让我们生活得心欢】

你是骏马么
草原上的青草任你吃
你是牧民么
草原上的骏马任你驾驭奔驰
你是上帝么
这草原上的一切都是你的物质

草在怨
我也是生命
凭什么践踏、踩踹、我要承担

马在怨
我也是生命
凭什么骑在我的身上边

人在怨
我也是生命
凭什么我的自由在你手里攥

你怨、我怨、他怨
谁能平息，谁能给予
让我们心甘情愿
让我们生活得心欢

溪情竹韵

『王景集著』

【沙滩夜恋】

漆黑的海边
云压得很低
浪花不时地探出头来
偷窥我们的甜蜜
牵手、拥抱
香吻、低语
我已分不清，是在
现实还是在梦里

踏着细细的沙
蒙着细细的雨
冲刷着旧时爱的盲从苍凉
蒸腾着时下激情与勇气
爱从大海深处冲出
巨大的爱神伫立
我已变不得，是否
挣脱了羁绊，走回了原体

黑暗中柔柔的体味
寻到了真爱的真谛
我要淋漓尽致的释放
不再压抑，我的生命中
注定要有个你
让我们大声的呼喊
尽情的喘息
爱啊，我真正的上帝

溪情竹韵

『王景集著』

【山楂树之恋】

有你的日子，我身边春风荡漾
为何如此愚昧，恐惧爱情的力量
相恋的身影哟
还在那个池塘

有你的日子，我学会坚强
是谁那样狠心，让你离开的那样匆忙
紧紧相拥的连理哟
消失了青春的芬芳

有你的日子，我身边布满阳光
是谁画了一条河，把我们阻挡
山楂树下的约定哦
成了我永久的心伤

我的心上人啊
你快来到我的身旁

溪情竹韵

『王景集 著』

【生命考】

我每天都在挣扎，渴望
奔向一丝明亮
刚刚抵达，转瞬即逝
空怨，给自己
顿胸垂足地鞭笞
痛苦、残喘
在周而复始的时间上，刻下
年轮。待轰然倒下
抓住永远的安详

【生活】

当你扛上了生活
脊梁会叮嘱你
苦难和沉重会伴着你过
脚步会告诉你
路的起伏、艰辛、曲折
追寻，会让你感知
时间飞驰的列车

当你卸下生活
回忆会伴着你苦和乐
身后的云烟
化作与理想齐名的星座
恩怨、贫富的碎片
拼凑同样炫彩的棺椁
愧疚、后悔、遗憾
自有后人评说

溪情竹韵

『王景集著』

【离恨】

一段情感
被时空撕成两段
在虚拟中，痛苦、牵挂
泪流两岸
积怨生恨，容不得
任何劝慰的语言
此中的无奈，只有
祈求时间
在尘埃中，痛苦地窒息
在冥冥中，再续前缘

〖 生命感悟 〗

溪情竹韵

『王景集著』

1、
人生，来来去去
走上这舞台容易
走下这舞台容易
在舞台上的演出，将
耗尽你所有的精力
曲曲折折
最后都是一个轨迹

2、
生活，会在每一次日出的时候
重新展现在我们的面前
你只要不是懊悔的、颓废的
你只要还有一点自信和勇气
公平，就会同样使你得到机遇

3、
逆、顺寻常事
生、死总有期
生为何来
死为何去
明灭之中，才是
你存在的价值、意义

〖生命之舞〗

1、
生命是有尽头的，但是
灵魂是永恒的
心灵要求肉体，要完美的走过一生

2、
不要在自己的身体里自卑自残
快乐和才能是你的财富
信心憬在结满果实的枝头等待

3、
我们需要奔走、
甚至可以乞食
但决不放弃追求的神圣

4、
生命不是用来施舍的
生命也不只是用作延续
应在生命中舞出属于自己的欢乐

5、
要为知你、懂你、爱你的人珍惜自己
这也是完成使命的需要
要有行动，就像饿了需要吃饭一样~~~

6、
上帝给我们心灵的活力
让我们扑在心灵之上，倾听
灵魂深处的圣灵歌唱

溪情竹韵
『王景集著』

〖失意的女孩〗

失意的女孩
收起你恣意和放荡
让压在心底的纯美
开放。你的亲人
就在你身后,为你
流泪悲伤

失意的女孩
敛起你的憎恨和忧伤
让你周身的善良和聪明
释放。你的爱人
在你身边,为你
徘徊心伤

失意的女孩
挺起你优美的胸膛
让自信找回自尊
自强。走出阴霾
伟大的上帝,为你
喝彩高唱

噢!失意的女孩
爸妈等你返航
噢!失意的女孩
浪子回头,你最漂亮

噢!失意的女孩
我喜欢你的模样
噢!失意的女孩
我在等待你爱的徜徉

溪情竹韵

『王景集著』

【石头】

——悼一位未曾谋面的诗友，同题而作。

没见过被人如此追捧的石头
是因为另类
是因为珍奇
是因为他已被遗失

在高贵者的口中，我得知
他是一块香陨的奇石
也是一块翡翠，难得的赌石

我和更多的人一样
只能默默地祈祷，在这个夏天
不被洪水冲得太远，泥石流
埋得太深

我循着那陨落的痕迹
捡拾傲骨忠魂
把它传给热恋中的少男少女
期待转世

溪情竹韵

『王景集著』

【守望】

不想看到远方的你
那痴痴的泪
感到你的牵挂
那就是我的安慰

不想知道远方的你
辗转反侧的滋味
我想安慰你
却无言以对

遥遥爱情的路呀
相隔千山万水
让我们装满守望吧
把生活装扮得更完美

溪情竹韵

『王景集著』

【释放渴望】

情人节，我准备好了
而身边的女人们却都已有约
面对一支玫瑰，独饮无奈和寂寞
感谢黑夜的痛，接受了我
扶我烂醉的身躯
躺进了梦幻的床
终于梦见了，那些
不曾发生过的美妙
释放渴望

【 思亲 】

天空飘动着，母亲
千丝万缕的牵挂
无奈、企盼
嫦娥舒袖来传达
春天的细雨
给你送来温柔的悄悄话
冬天的飘雪
为你绽放晶莹剔透的花

天空飘动着，妻儿
千丝万缕的牵挂
幽怨、渴望
仰望月亮泪珠儿洒
月月苦相思
稚儿无知声声爸
岁岁寒襟苦
床头孤灯暗无华

天空飘动着，千丝万缕的牵挂
鸟儿高飞，要落下
游子漂泊，想回家

溪情竹韵

『王景集著』

【思念】
——写在2010年清明节前夜

思念，绝不是纸做的
楼房、车马、冥币
也不是那一堆堆纸灰

思念，相互间传递
被思念者
不会有任何感觉、体会

思念，是真情、真爱
浇灌出的常青藤
年复一年，一辈传一辈

思念即使慢慢淡去
这不是你的错
滚滚红尘，事事都付东流水

想让思念没有遗憾
那就用我们创造历史的本能
把思念刻上丰碑

溪情竹韵
『王景集著』

【随想曲】

溪情竹韵

『王景集著』

1、

在很远的地方，我偷偷地看着你
在很远的地方，你静静地等着我
这就是我们相爱的结果

在远方，我深深的牵挂你
在远方，你痴痴的守候着我
这就是我们幸福的寂寞

2、

别离，都带着痛而去
眼见落花流水
添悲，理不出谁对谁错

捡拾残转，缝补碎瓦
凌乱对酒直言
述辩，话不投机半句多

无奈之中闪出自嘲
何以为伍
随缘，是福不是祸

3、

一路走去，伴着落叶
风在树和落叶之间辩解
轮椅上的老者
将凌乱和繁杂弃于身后
融入夕阳的尽头

【为你我心不变】

今年春天来得很晚
叶，桃花
开放在阳历四月的最后几天
她离夏天太近
那是一个美丽的擦肩
这激动地邂逅
诠释出一个不解的缘
埋藏在深冬的寂寞迅速化解
融化了初春的怨
春夏相约
携手舒缓的脚步
描绘出激情的初恋
众里寻你千百度
不知相逢是经年
我歌唱
我舞蹈
我心欢
即使这热恋很短
我会郑重的把她收藏心间
感谢上帝的造化
为你我心不变

溪情竹韵
『王景集著』

【温泉沐歌】

1.
东汤的温泉
凤城的凤凰山
大爱河
紧紧绕在你身边

爱河，把你我的手相牵
温泉，洗出益寿延年
凤凰山呦
你是流淌不尽的泉源

汤池里飘出滚烫的佳话
山坳里绽开五彩缤纷的脸
朝浴红日，暮浴晚霞
"神水"浅酌，滋润、清爽、休闲

2.
东汤的温泉
凤城的凤凰山
大爱河
紧紧绕在你身边

爱河水，流不断
温泉水，暖心田
凤凰山呦
你是一方人依靠的肩

汤沟年年开满鲜花
神泉岁岁流出甘甜
朝朝暮暮迎送宾客
日月飞梭星移斗转

溪情竹韵

『王景集著』

【我不在意】

你带着我的初恋离去
留下你的味道，还有
唇边的印记
使我经常在回忆
在闹市，在乡间，在梦里
多次与你相遇
总是使我沮丧地离去
那是我真爱的寻觅
我知道，那是上辈子欠下的
下辈子才能在一起
让我们痛痛地说：分手
我不在意

【我想让你知道】

我想让你知道
你为我付出了很多
无以回报
把一颗心
填进感恩的炉灶

我想让你知道
爱你如潮水
激情永不减少
把整个身躯
放进月亮的怀抱

我想让你知道
伴你不离不弃
白头偕老
把我的牵挂、思念
融入你的心跳

溪情竹韵

『王景集著』

【无果之恋】

人生旅途
走过了第四十五站
拥挤的人群中
发现了你的眼
命中注定
你就是我的缘
磕磕绊绊的追逐
在人群中上演
无怨无悔
冲不破，婚姻道德的羁绊
痛苦、牵挂
消失了，又出现
天涯海角
不能阻断激情的相见
包容、理解
爱之痛，变成无止的思念
如何了结
这无果的相恋

溪情竹韵

『王景集著』

【想你】

同样一个天宇
却有多重境遇
此时，不知道你在承受什么
我在痛苦中想你

〖无所谓〗

不要为我心醉

更不要为我流泪

我不能给你幸福和富贵

为情所牵，你会很累

不忍心看你的憔悴

更不忍心见你伤痕累累

好好保重，是你我的安慰

消去你的寂寞、痛苦

擦去你的泪水

默默的祝福，就在

你身周围

阴霾总要过去

挺身直接面对

一切都无所谓

溪情竹韵

『王景集著』

【希望】

春天，脑袋上
长出好多希望
龙抬头那天，将它们理齐
等待那场春雨
忽的心上满是花开
充满了绿
蜂和碟都围拢来
帮忙把希望传递

春天，一些希望
长在寺院里
寺院的烟火，钟声
将它们举起
点燃希望，心安理得地离去
香的灰柱
高矮的寓意
勾画出虚无的美丽

希望到处都是
和人类共济
为你我，开拓出新天地

溪情竹韵

『王景集著』

【相遇】

我们相遇，很平淡
静静地相望
没有语言

暖暖的春水在流淌
滋润梅花的容颜
无声的倾诉
把神圣和幸福蓄满

和煦的春风静静地吹
融化冰封的心田
默默的倾诉
垂柳、白杨心手相牵

我们相遇，很平淡
静静的相望
企盼明天

溪情竹韵
『王景集著』

【心手相牵】

你华丽的转身
带走了我所拥有的春天
你的回眸
一直留在记忆的彼岸
不讲那些日子
是悲是欢
完成使命的路啊
颠簸长，欢乐短

在季节中穿梭
未曾丢失的信念
载着你、我，在
丰硕、成熟的秋韵中流连
我们都经历了
值得铭记的一段
在岁月深处，再一次
心手相牵

【珍藏】

我想把你写成一首歌珍藏
每天都在嘴边吟唱
身前身后萦绕你
柔情蜜意的芬芳

我想把你写成一首诗珍藏
把那风姿刻在心上
诗情画意描摹你
美丽如昀的模样

溪情竹韵

『王景集著』

【心语】

你的音容植入我的心里
你的气息我无法抵御
梦牵魂绕
追寻的就是你

你点亮了我心中的火炬
你的出现我不再犹豫
阳光明媚
心里充满甜蜜

你的爱播撒进我的田地
你是蝶恋着我的花季
幸福飞扬
心海浪花激起

我想着你，恋着你
我爱着你，等着你

溪情竹韵
『王景集著』

【信仰】

在赛场上，我就是好胜
在赛场上，我就是争强
时间和空间的阻力
挡不住激情的奔放

赛场是我们的好天地
赛场是我们的好课堂
跋涉、攀登不畏难
智勇双全才是最棒

在赛场上，我们如鱼得水
在赛场上，我们自由飞翔
挑战人类的极限
捧出无坚不摧的信仰

注：为亚运会写的歌词

溪情竹韵

『王景集著』

【织衣】

无眠的夜呀，你可知晓
想着你，编织我的梦
如泣如诉地把思念，织得
密密麻麻，精细
让这无尽的宣泄
披在你的身上，裹起
曾经的酸甜苦辣，挥洒
如今的优雅芳华

【幸福地回归】

我坚守在自食其力
丰衣足食的，静谧深山
身心纯净
风霜雨雪都是美丽的画卷

一条宁静的心路
甜蜜的弯转
红霞深处
升起袅袅炊烟
把滚烫的热情
送给农舍、山野里快乐的伙伴

也许这就是曾经的
世外桃源
那空灵和宁静
冲刷我锈蚀的情感
活泼、清新、安逸
流淌在小溪边

我知道外面还存在一个世界
曾见过迷失的鹰、燕
哪些疲惫的隐匿
是大海中风浪的休闲
越来越密集的消息，告知
这里会成为更多人的家园

溪情竹韵
「王景集著」

【选择等待】

你去求学
你去灾区救死扶伤
你去工作
你去守卫边疆
……

离我的心远了
我们的爱不变
离家乡远了
乡情永远把你挂牵

请不要忘记呀
那份痴情的惦念
更不要想家
事业有成方可回还

请不要遗忘呀
那痴痴的等待
衣锦还乡
我们就可团圆

为了你
我选择默守
为了你
我选择等待

【幸福你我】

你给我幸福
我给你真情
幸福着一生的爱宠

你给我幸福
我给你生命
幸福流在我们的血液中

你给我幸福
我给你幸福
幸福携手走过我们的一真

溪情竹韵

『王景集著』

【找寻】

爱是一种感觉
感觉没了，什么都没有了

春天来了，冬天该怎么办呢
丢掉的感觉还能找回来吗
找到时，偏偏是另一番情真
在沼泽里不能自拔，越陷越深

情感的手拽着灵魂
一点一点下沉

【幽灵】

夏夜短而难耐
雨夜给我的睡眠放行
快意得不能言表
我飞翔，我穿越
我喜悦，我无所不能
随意徜徉
快乐其中

一个幽灵告诉我：这不是梦
你是幽灵
诧异，看着自己睡姿的丑态
无所是从
我知道成为幽灵的意义
痛哭无声

站起身
仰望苍穹
无际的恐惧
难辨南北西东
我穿过一道幕帘，那是
文化大革命
我又穿越一道幕帘
"中华人民共和国成立了"
天安门广场上的欢庆
我穿越时光隧道
屏住呼吸，看抗日的硝烟
遍野尸体
历朝历代的争雄
看到了社会的丑陋
看到了社会繁荣
能做什么呢
我只是一个幽灵

溪情竹韵

『王景集著』

我悟到了
弱小、蒙冤者
才能在冥明之间永生
同时，上帝赋予他们
除恶扬善的使命
所以，我要对所有的恶宣战
协助善与济世英雄

我已学会
制造黑暗中的恐惧
让恶人胆战心惊，改邪归正
我会让在痛苦中受难的人
看到希望、光明
我会把丑恶扔进地狱
我也会把善良送上天庭

幽灵，除恶扬善的使者
我读懂了你的音容
为拥有一个美好的世界
幽灵都在努力践行
为世上的幸福和爱
幽灵无怨无悔的承受黑暗和斗争
善良勤劳的人们啊
你们不要怀疑和恐惧幽灵
正义的支持者，永远，永远
存留在你我的心中

我不知道自己
是幽灵，还是做梦
不再伤心哭泣
我愿意做救世的幽灵

溪情竹韵

『王景集著』

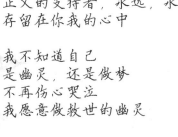

【影院】

我已很久的远离
影院幽暗的光线
那会勾起我的牵挂和思念
在动情的画面之中，把情
感深陷激情如狂风暴雨般
藏进相拥的臂弯
我已很久的远离
影院幽暗的光线
是你把爱情牵到极点
在故事的情节中，把情感
凝成誓言
幸福如春风般
从唇边流入心田

溪情竹韵

王景集著

【雨休】

很浓，很低的云
为我拉上窗帘，展开黑暗
狂风大作
雨在窗外拨弄琴音
蜗居再次上演
心酸，而早已失传的爱剧
很累，太累了
早上，闹铃打不开云的窗
帘
索性继续快乐
长睡不醒

〖远离〗

现在我无能力，再给你
惊喜、欢愉
不是因为，厌弃
不是因为，距离
我已弹尽粮绝
用尽了生命中全部的精力
疲惫得靠紧生命列车的座椅
所有的美丽都化成彩蝶
飞进回忆，但
这绝不是你想的远离

黑夜，淡了光影
太阳，淡了印记
那份情和爱
像天上的星星，闪耀
美丽，让人永远铭记
那迷人的微笑
述说爱的秘密
真爱，不应用泪水代替
真情，不该换来孤寂
迷茫、痛苦是无际沙漠
只需你雄鹰般飞翔的勇气

溪情竹韵

『王景集著』

【远方】

你、我都恋着远方
隔着山村，隔着城市
激情，在心里滚烫

远方一定会有个你
远方一定会有个我

你、我都恋着远方
隔着群山，隔着海洋
盼着月亮、盼太阳

你一定在那里
我一定在那里

你、我都恋着远方
我们行动吧
像候鸟、河流一样执著坚强

远方，我爱的远方
远方，我留恋的远方

溪情竹韵
『王景集著』

【 雨后的灿烂 】

我们相见之后，
你总是变换借口索要代价
我总把它看做是一种责任，
满足你的心愿
当你窃喜，
欲望不断的膨胀
我悟出了答案
这不是情，
这是交换
回头强忍说声：祝福
看见你的泪，已挂腮边

选择放弃，
不一定就是痛苦
选择孤独，
但不会没有欣欢
要走的都是自己的路
脚步不会停止不前
总会达到一个目的
阴云飘浮，
不会长久遮住灿烂

溪情竹韵

『王景集著』

〖自由〗

你是为别人工作，还是
别人为你工作
你们都可以游离
这就是自由所给的承诺

一切都被需求掌控
满足是被永远翻唱的歌
争斗、奴役、残杀
都是满足需要的果

〖诅咒〗

宇宙的生物们无助，向
最高的神灵祈祷、诅咒
地球上的人类是罪孽
膨胀、蔓延、攫取、蚕食、争斗

宇宙安然自得
喘息着能量碰撞的怒吼
黑暗中流光溢彩
主宰、轻蔑那卑微的诉求

溪情竹韵

『王景集著』

【走过四季】

匆匆走过四季
成功失败，已过去
前边的路，还是弯弯曲曲
抵达前方的胜景
尚需不懈的努力

匆匆走过四季
喜悦寂寞，还在心里
眼前的攀越，仍然有高有低
伸开我们的双臂
拥抱巅峰，一同呼吸

匆匆走过四季
很多事情要做，还没来得及
这次我要把你放在第一
让理想飞翔
将你我的爱进行到底

溪情竹韵

王景集著

〖指明方向〗

明知道是陷阱
为什么还要往前走
那闪烁着别人看不到的光芒

明知道是祸
为什么还不分手
那牵手的是别人不能理解的荣光

太阳驱逐着黑暗
让你看出什么是罪恶、丑陋
快快地把他引出黑暗，指明方向

〖转世〗

狗脖、狗排、狗腿
狗鞭、狗杂
餐桌上一只全狗
围坐的汉子们，大碗喝酒
大口吃肉，他们
猜测，这狗曾经占了多少领地
是否忠贞，大补
汉子们渴望，狗肉
尽快的在体能分解，变成
能量。给娘们
等待虚无缥缈的转世

溪情竹韵

『王景集著』

【重逢】

你娇俏的模样
仍然仪态万方
我已无法忍受
哪怕就一秒的时光
不要撩起我的欲望
让我暗自悲伤

请你把我收藏
留作茶余鉴赏
莫误青春佳期
哪怕就一秒的时光
不要因为我而彷徨
让你独自疗伤

溪情竹韵
『王景集著』

〖 最后的孤独 〗

回忆，在年轮的线上跳舞
记忆的门窗失灵
从里向外，再也无法挡住
洪水般宣泄，心底
最黑暗处的阿拉神灯
无需咒语
把所有的隐匿合盘倒出
肆无忌惮的钻进梦的大幕
钻进无奈的寂寞，使你
在甜蜜中，忘记曾经的痛楚
在蹒跚的身影里，上演
倒叙的人生大戏，驱赶
最后的孤独

〖 最难熬的…… 〗

最难熬的是冬日的黎明
渴望阳光的温暖
快快结束黑暗、冷和痛

最难熬的是踏上成功的最后一梦
抬不起沉重的脚
清醒的梦，却摇不醒

最难熬的是阴阳间的迷留
左拉右拽的争夺
去留不定……

溪情竹韵

『王景集著』

【最后的搏击】

一只鹰忽地掉进黑暗
仿佛蛇蝎早有预算
任凭鹰翻转哀嚎
暗伤直击慧眼
向着冥冥的光亮，搏击双翼
终于着路光明的岸
蝎尾、蛇头，在暗中高仰
摆动沮丧
哭泣梦的消散

【最美的情歌】

春天，在我的内心世界
诗意的小草
没有一点复苏的迹象
空旷，静静地向远处铺开
在春风中焦灼
心灵上空，恐惧和期盼在飘荡
痛苦的酒液
麻痹着龟裂的土地
一场爱的小雨，唤醒了
宿根膨胀的疼痛
吟出我和春天最美的情歌

溪情竹韵

王景集 著

【醉酒·之一】

一次次喝多，酒的作用
让我甜美的睡去
不愿醒来，在朦胧中惊奇的掌握
好多鲜为人知的秘密

别墅、靓车、美女、小秘
曾利用手中的权力
钱像纸片一样落入腰包
为了安全，到深海里洗一洗
轻声讲哪些给你，哪些
存入国外的银行
如何安排败家的子女

两个人在酒店开房
翻云覆雨
研究巧取豪夺、坑蒙拐骗的生意
密谋，传销的玄机
发包、回扣，已逐渐走向垄断
痛骂，因此失去利益
惬意，有百姓垫底
忧心忡忡地跪拜上帝

. . . .

让我在酒里麻痹
在朦胧中睡去，得知
看不见的秘密
别让我的兄弟们蒙在鼓里

溪情竹韵
『王景集著』

【醉在春天深处】

春风轻柔地推我，躺在
嫩芽的床
甜蜜的酣
酒的芬芳
幸福涌上了枝儿的胸膛

春风温柔地扶我，睡在
花蕊的闺房
神往的翼展
不觉天亮
巫乐充满花儿心房

醉，是春天给我的遐想
醉，让我在春天深处倘徉

溪情竹韵

『王景集著』

自然之韵

〖 变化，装不下 〗

一年四季
每一步，都是一个新的台阶
回眸，都是一个新的变化

乌儿在年轮里
挑剔、觅食
似唱歌，似哭泣叽叽喳喳

花儿开放
花儿凋谢
奏响生生不息，爱的佳话

小草再次挣脱死亡
虔诚的祷告
绿满天涯

一切都被四季牵引
人类在智慧中，成长
挣脱、庞大

一群孩子，背着书包
走在四季的路上，装满
宇宙、星光芳华

知识的种子
在四季的心里孕育
科技、勃发

日新月异的地球
活泼、充满生机的空间
变化，装不下

溪情竹韵

『王景集著』

【傍晚】

太阳红着脸，微笑着
躲进了地平线，剩余微弱的光线
开始耳语阴谋，传播谣言

霓虹灯开始露出诡异的脸
所有的人都蠢蠢欲动，摘下面具
在不同的角落隐身

一些尘埃落定了
一些故事源起，发生了

【春天里的迷失】

在这个春天我彻底迷失了
追逐桃花的梦
扑向雪花，猛地惊醒
在泥泞中负起心情的凝重

雪花一闪身
桃花开的粉红
让人措手不及的擦肩而过
只能顿足捶胸

【冲破黑暗】

我们的视野已经很宽
但我们研究的领域还很微观
我们知道宇宙无穷
可我们的计量单位还很有限

人类的命运在于太阳系
更把握在宇宙的空间
在宇宙这个僵硬的物体中，人类
将是他的癌变

从原子核到原子、分子
我们的突破太慢
需要巨大的能源和自由的载体
我们才可到达宇宙的边缘

团结生物体的同类
一同开赴，同宇宙作战的前线
要是太阳系能成为我们
可以驾驭的飞船
我们就有资格探访任何星系
把宇宙踏遍，只有
让宇宙倒下，我们
才会冲破黑暗

溪情竹韵

『王景集著』

〖城市秋韵〗

三轮机动车,把
大白菜、大葱、大萝卜~~~~~~
送进北方城市的庭院、阳台
卖菜和买菜的,在每一个小区
人头攒动
红火的让你嗅到秋天
浓浓的味道

扭成发髻的大葱
切成拉花的大萝卜
修理好的卷心大白菜
整齐雅秀的接受秋天的最后阳光
走进缸缸罐罐
满足最原始的愿望

溪情竹韵

『王景集著』

〖春雨〗

北方初春夹冰的雨
劝慰了冬日花伞的抑郁
冰封的心情开始融解
树梢挂上喜悦晶莹的泪滴
愿望在田野,在天空
绽放斑斓的彩霓
多少寂寞痛苦,落寞颓废都随春风飘去
心的花朵开满大地

【春天姐】

春天姐，你穿越
亿万年的时空，如约
款款向我们走来
带着绿意
带着芳香
带着宇宙的温度
温馨、和谐
走进大山、田野、城市、广场

春天姐，你是母亲
每一颗星都挂在心上
你的脚步，是
放不下的思念在远方

春天姐，你是女神
伴着你的呼吸
沐浴着你的圣光
盼着你永远在我们身旁

春天姐，你穿越
亿万年的时空，奔忙
你总会在我们
最焦灼，最难熬的季节
来到我们中央
与我们共同
跳舞、歌唱
把我们领进绚丽的殿堂

溪情竹韵
『王景集著』

〖出走的雏燕〗

我读懂了一只雌燕的哀鸣
她为离家的雏燕
牵肠挂肚，情急欲疯
寝食难安，翻飞的寻找
哀怜无知的生命

希望你早日出飞
悬念羽毛未丰
不知能否自食其力
牵挂你太年轻

飞翔的燕呀
望眼欲穿，难见你的身影
妈妈的眼泪
那是为你无语的送行
无论你何时返家
母爱永远为你遮雨避风

溪情竹韵

『王景集著』

〖浮云〗

头顶上总是有朵云团
无端的盘旋，纠结
我在静静地挣扎和应对
无意中，捡到了一把钥匙
打开了一个房间，
一股春风飘出，吹散了云的纠结
面前竟是鲜花满园

【春天苦思】

今年的春天
春风猛烈地刮着地皮
脸被刮黑，刮皱
抗击声不绝于耳
身体的骚动
聚集着暗流
削弱着对春的渴望
播下种子
难测是喜是忧

那垄泉的大坝
不得不泄洪，解救
大地的干渴
渐次地拼抢
水还是在不远处断流
早些时候
不爱吃的肥肉
现在成了餐桌上的渴求

今年的春天
没有喜雨
春光仍然旖旎
春抱着大地，蹒跚
气喘嘘嘘，坚持
期待脉络通畅的禾风
拯救强大的绿色躯体
播下种子
等待那个机遇

溪情竹韵

『王景集著』

〖冬雨〗

为什么，冬天里下雨
这是一个前兆，或巨大的阴谋

膨胀跳跃、危机四伏
一点也没有寒意
一切慢下来，静下来
屏住呼吸

所有枝头的叶，都被泪刷去
满目的裸体，伫立
用白雪沐浴
高唱圣经，仰望上帝

〖明年〗

一朵花在秋风中挣扎
叹息命运的不公
为什么开不逢时，接受
凛冽秋风地鞭挞
她痛不欲生
企盼一个又一个明年的到达

溪情竹韵

『王景集著』

【春节素描】

在鞭炮的炸响中慑缩
堵上耳朵，睁大眼
诡异的微笑，挂在嘴边

在鞭炮炸响的瞬间
我看见了不一样的无奈、寂寞
看见了不一样的离合、悲欢

在礼花绽放的瞬间
我看见了不一样的执著、浪漫
看见了不一样的痛苦、磨难

在遍地血色的纸屑里
我找到了那些失落和收获
找到了那些希望和祈盼

在鞭炮的炸响中慑缩
堵上耳朵，睁大眼
幽灵般的身影，一闪一闪

溪情竹韵

『王景集著』

【大山】

我们只能看到大山肤浅的变化
穿衣和脱衣
在我们的心里，山是永恒的
就像我们所说的爱

我们还猜不透大山的内心
看不出他的喜怒哀乐
摸不准他内心
赤诚、火热的翻涌

我们无知、疯狂地向大山索取
树木，还有那些含而不漏的宝藏
把那些树木砍伐光
把那些宝藏掏空

没看到感恩的迹象
倒是看见掠夺的争斗
那些富庶的炫耀
大山默默的没有一点表情

肤浅在雀跃狂欢
地震、泥石流、塌方一直在克制
自然悄悄地诉说，大山
沉默，但不可戏弄

溪情竹韵

『王景集著』

【登山】

我在山腰眺望
你在山坳里我看不见
听到你的呼喊
如刺穿我灵魂的剑
是因为迷了路，在求救
还是因为路途迷茫，在衰怨

高处的声音
很难下传
那指点、鼓励
随风飘散

我猛地意识到
还有声浪在我的前面
如凉爽的风
鼓足我的帆
顾不了那么多，不可懈怠
收声向前

溪情竹韵

『王景集著』

大雅弯的笑

大雅弯
装着激情
湍急，奔涌着呼号

在你的战场上，有
枪、盆、瓢
没有流血争斗
只有受到水的滋润
幸福的喜悦，卸了烦恼

在你的战场上，所有人
都变得童真
彩舟荡去不快和操劳
尘世的纷争
被激流哐哐吞掉，

大雅弯噢
忘不了与你的拥抱
更忘不了你发自内心的笑

注：大雅弯，辽宁桓仁满族自治县
　　境内，其称为“东北第一漂”

【端午·为你守望】

五彩葫芦
挂在门上方
艾草啊
插在门两旁
鸡蛋和粽子
摆在桌中央
五月初五是端午
神舟竞渡释忧伤

这是个节日
我该如何为你祝贺
为你歌唱

愿你的刚直不阿
你的爱国情怀
万古流芳

这是个祭日
我们长跪汨罗江畔
为你守望

你用生命唤醒的中国龙
泛起奔腾的浪花
诉说衷肠

五彩葫芦
挂在门上方
艾草啊
插在门两旁
鸡蛋和粽子
摆在桌中央
又是一年的五月端午
神州把世界新纪元开创

溪情竹韵
『王景集著』

【高尔山】

春雨遮不住高尔山
神秘的魅力
将军峰回望
满山遍野桃红柳绿
辽塔、古刹
钟鼓奏鸣
祥云蒸腾而起
虔诚的人潮
如太阳雨
把那山峦纯净得美丽

"天边"那株"神树"
高耸伫立
它是神奇的地标
把茫茫大地标记
徜徉在高尔山
若入仙境
群山环抱，欢声笑语
心情化作天边的彩虹
明媚亮丽

注：高尔山在辽宁抚顺境内

溪情竹韵

『王景集著』

【归宿】

寂寞嫁给了时光
他们走了很长的一段路
寂寞颓废、消沉
时光无语，不停步
焦躁的寂寞追赶着时光
表白她愿意真情付出

失落嫁给了季节
他们走了一段很长颠簸的路
失落在寻找
季节静静地展示美好希望和前途
失落在太阳深处找回自信
甜蜜地走进季节的洞房花烛

痛苦嫁给了流水
他们相扶相搀漂浮一路
疼痛撕心裂肺
浪花最有感触
痛苦在水的深处溶解
得到了爱的的安抚

什么都会过去
一切都会有好的归宿

溪情竹韵
『王景集著』

【寒流】

心中的浮躁
被一场寒流冻僵

眼前的世界，晴朗凝静
暗流在冰层下面奔放

躯体在收紧
心在寂寞中徜徉

大地生长，对
春天的渴望

【惊醒】

秋天，喜悦堆满了场院
麻雀也跟着舞蹈唱歌
欢腾对抗着秋风的寂寞
叶子转过身
离开得十分萧瑟

收获，走进粮仓
那颗悬着的心，终获释放
躲进躯壳享受生活
严寒，猛地地袭来
一缕惊醒，在脑际走过

溪情竹韵

『王景集著』

【洪水泛滥】

洪水泛滥
洪水泛滥
洪水泛滥
我感到了上帝的震怒
苍天的哀怨

洪水泛滥
洪水泛滥
洪水泛滥
地球不得不抖动自己的身躯
清洗走入膏肓的肌顽

洪水泛滥
洪水泛滥
洪水泛滥
上帝的猛药，治愈了生灵的肆虐
静静地等待明天

【雨巷】

一朵白色的花
在雨巷裸雨
静静的稳稳的不出声息
感觉不出她的心思
我却看得通透
雨巷从此走进我的梦里

溪情竹韵

『王景集著』

【浪花辑】

1、
大海舞动裙裾
如羞涩文静的姑娘
深情地和那些爱
相拥舞浪

2、
弄潮儿
终于按耐不住自己的情感
直奔大海深处
扑进爱的波澜

3、
海浪，一波一波拥着
心在放松和收缩中激荡
爱被高高擎起
幸福在波折中徜徉

4、
海滩上缤纷的花伞，是大海
喘息的音符流淌
快艇是双簧管上的哨片
演奏大海的快乐和忧伤

5、
沙滩上的贝壳，那是
天上散落的星
静静的潮起潮落，脚印、沙磊
回荡着孩子们的笑声

溪情竹韵

『王景集著』

〖壶熙秋游·偶得〗

壶熙一行喜事多，
狂欢拜堂收秋果。
摄影旅游两不误，
两对成婚大收获。

长枪和短炮，
直瞄美女照。
林间一毛虫，
光鲜比花俏。

忐忑声音妙，
小猫树上掉。
老鼠来疗伤，
耗子爱上猫。

注：壶熙山庄在本溪和沈阳的交界处。

溪情竹韵

『王景集著』

〖牵挂〗

躲进某一个时间
回味一段时光的掌纹
躲在某一个地点
想念一个站在来路
也站在去路
让我牵挂的人

【脚步】

太阳，牵着脚步
东南西北，雨雪风霜
暴风骤雨是我们的汗水
晶莹的雪花是我们收获的芬芳
世界在我们的匆忙中变样
劳累和痛苦伴着夜释放
辛酸和眼泪随着快乐遗忘

太阳，牵着脚步
起点终点，匆匆忙忙
在哪里，哪里就有我们的歌唱
地球恐惧我们的力量
要走的路啊，还很长很长
虽然我们终会死去
留下的世界为我们闪光

【秋叶】

秋天的叶落了
肌肤在收紧
大地加了一层衣
年轮展示愁容
落叶起舞欢喜
金风为这一切发布
预言、昭告
春天不很远，到时
世界不会没有你

溪情竹韵

王景集著

【漫天盈香】

你从春天摘来
一束鲜花
拧干花汁
将一个个汉字浸泡

轻轻地拾起散落的词汇
再把这些汉字
缀成一串
点点心韵
浸透着花的芬芳
散发出妖艳的
色泽和芳香

那满篮的鲜花
装着你的情 你的爱
装着你的温馨
盈着你的友情

月光下
你把它们轻轻的挂在桂树上
让花瓣自由的轻吟浅唱
有如仙子嫦娥 散尽烟花
漫天盈香……

溪情竹韵
『王景集著』

【秋天随想】

溪情竹韵

『王景集著』

1、
春天一点一点长大
变成了秋
脊梁上长满了果实
丰硕压弯了枝头
一切都考虑离去和躲藏
向着秋的深处走
静静地酝酿着
一种渴求

2、
秋，是否
是一个可以庆祝的时候
我是一片叶
因劳作而枯干的身躯
飘落，没有一点值得高兴的理由
灵魂在坠落
躺入掘开的丘

3、
山，脱去最富贵、最华丽的衣裳
墨色的素装，勾起人的哀愁
丰盛的祭品，没有一份
供落叶享受
叶低着头，将一片火红
放进书的胸口

【今年总比去年好】

天蓝蓝，鸟欢笑
树长高，林盛茂
楼拔节，城美妙
美愿景，康庄道
今年总比去年好

阳光媚，笑眉梢
五谷丰，科技高
乐安居，花艳娇
时光美，恨变老
今年总比去年好

溪情竹韵

『王景集著』

【秋天的爱】

秋天，叶子红了
心里装满了爱情，燃烧
兴奋的峭壁、山岗

金风，如约而至
她，一头扎进太阳的怀里
刻进爱的诗行

秋天，叶子黄了
心中装泡疼爱，捧出
丰硕、收获、艳阳

金风，呼喊着嘶哑
她，转身投进大地的怀中
走进轮回的站房

〖太阳啊〗

太阳,你太过分了

你的焦灼驱赶着云朵到处躲藏

风替云发怒

海水难以忍受地掀起热浪

太阳啊

昨晚月亮有没有对你说起

不要把苦难嫁祸于成长

太阳啊

不要承受不起赞美

把你的职责遗忘

太阳啊

希望你永远保持春的笑容

秋的高雅,冬日纯情的脸庞

太阳啊

能否考虑

这些无名者的希望

溪情竹韵

『王景集著』

【平静之内外】

平静的水面
包裹着鱼的嬉戏
争斗、自残和杀戮

垂钓者在水边
欣喜地抛出诱饵伪装的钩
钓出贪婪的鱼

出水的涟漪
不知道是微笑，还是愤怒
水的内外归于平静

溪情竹韵

『王景集著』

【秋的战场】

秋，紧缩双眉
卷起枯叶、残芳
冷热宣战，风矛、林剑
刺穿大山的胸膛
在片片战甲的深处，流出
足赤的血浆
松涛唱着赞歌
铺展掩盖壮士躯体的霜
河流肃穆，双手合十
捧出蓝天和太阳

【描摹】

你的眼睛在闪烁
心却黯淡、消极

在淡漠的爱情里，沉沦
在希望的光芒里，彷徨
一次再一次的失去
让失望化作天使的泪滴
你被你的高傲
一次再一次的排挤
好强，使你无奈
开朗，使你沉寂
你的生命
从点燃那支香烟起
随着烟雾飘浮
无回地消失在尘埃里

溪情竹韵

『王景集著』

【夏季·七月游】

漫步荒野，心绪
舞动着绿草，野花
刮风了，下雨了
心情装满了清凉、透彻
云散了，天晴啦
在晴朗的天空下，尽情潇洒
枯萎是我的新装
爱情在冬季萌发

【面对】

面对谷雨
为了提高自身价值
种子默默地去田野闭关
桃花却笑得合不拢嘴
女儿香，飘洒满谷、满山

面对四壁
种子在隐秘处端坐
静待一个时间
花蕾用生命捧出果实
积蓄力量，蓬勃无限

面对红尘
不管你身在何处
是你、我撑起这个空间
不管职位高低
付出的同样是灿烂

溪情竹韵
『王景集著』

五月畅想

五月，绽放火热的笑脸
爱的萌动在流淌
正是爱情播种时
柔情蜜意，笑声朗朗
你种在我的心里
我种在你的田野上

五月，绽放火热的纯情
杨柳轻摇，放飞压在心底的愿望
爱在阳光下舞蹈
远远地看到你幸福的模样
扑向你的怀抱
静静地吮吸雨露阳光

五月，绽放爱情的鲜花
蕊放、蜂舞、蝶徜徉
暮春霞光红似火
蜜意酿入寸断柔肠
你我牵手
奔向太阳升起的地方

溪情竹韵

『王景集著』

【七夕感怀】

七夕，在荷花湖上泛舟
荷花般美丽的笑脸
我寻渐渐丰满的藕
粉红色的薄沙随风飘舞
水面裸露翠绿的金斗
装载鱼米之乡
丰厚的所求

七夕，我忘记鹊桥情忧
小西湖的美景
让我不得不留
在天，你找一个门当的再嫁吧
在地，我已有了户对的母牛
让圣母面对如意
鼓掌 拍手

溪情竹韵
『王景集著』

【炫耀】

又一年
值得炫耀的那点东西
被秋天收容
沉到没有人能够到达的角落
冬天迅速结冻
所有的生物，像蜜蜂一样
躲进新的希望
伺机而动

【西中岛，难忘】

西中岛
你使我难忘
不是因为留下的印记
也不是因为那温柔的海浪
不是因为那柔柔的沙滩
也不是因为那丰满的泳装
不是因为那愉快的笑声
也不是因为那婷婷含笑的姑娘
不是因为绚丽的余晖
也不是因为看不到海上的霞光

西中岛啊
我的灵魂被你牵扯
我的挚爱被你珍藏
大海的兴奋，模糊了我的记忆
遗失了我智能的心脏
爱，悄悄地
离开了我。已不在我耳边歌唱
我的一切随之而去
如海之晨雾迷茫
西中岛，你在我梦里欢唱
是我永远的挂肚牵肠
西中岛，难忘难忘

溪情竹韵

『王景集著』

〖秋天的探戈〗

秋，丰硕优雅的在城市小区广场起舞
路边的秋菊摇动步子
跳跃着火红

人们尽情相拥秋天
冬藏，都忙活起来了
如勤劳的蜜蜂

成熟的蔬菜乐得喜人
一颗颗，一捆捆
旋转，累坏了善舞的电子秤

和着秋天的舞步，秋菊的喜悦
冲淡了过去季节的烦闷、焦躁、寂寞、痛苦
流淌的劳累变得快乐轻松

〖夏日〗

夏日
可以穿得很少
晚上开着窗子
蚊子在纱窗外嗡嗡叫
老爸老妈耐不住
纳凉空巢
电视的声音开的很大
房子却很小
激情火辣的呻吟装不下
往外飘

溪情竹韵

『王景集著』

〖桃花〗

桃花，你来了
我闻到了你的体香
带着些许寒意和哀怨
柔情地站在我身旁
你是爱的过客吗
能否不让我再受伤
恳求你，在这一季
我们一起走进幸福的殿堂

桃花，你来了
一路妖娆，播撒芬芳
带着些许寂寞和孤独
眼里充满期盼和希望
不会再错过了
我一定把爱珍藏
请求你，收下那颗真爱的心
我们一同走进神圣的殿堂

溪情竹韵

『王景集著』

〖醉秋〗

走进秋
人醉了
秋天也醉了
分不清，是
秋天醉了人，还是
人醉了秋天

品味秋
那是一杯醇美的酒
果园里的欢笑
染红了青果的脸

拥抱秋
丰盈而温柔
田野里金黄丰硕的收获
让收割的汉子红透了脸，流汗

都醉了
庄稼横卧在田野里
人儿竖躺在炕头上
醒在报春花开的时候

溪情竹韵

『王景集著』

【夏】

你的火热让我难以抬头

那火辣的爱，难收

你的执着

忽略了我的感受

把我推向阴暗的下面，躲避

穷追不舍的追求

是我不懂爱吗

我的苦衷难以说出口

就让我们分手吧

你的心充满春光时，我们

再度牵手

溪情竹韵

『王景集著』

【一场暴雨】

一场暴雨
我看清了这座城市
装饰后面的满目疮痍
露出丑恶和纯朴
疾走在水里的白色肌肤
动人而美丽

一场暴雨
我读懂了这座城市
蜂拥塞堵的秩序
露出栓塞和膨胀
管道获得了减肥的秘籍
消瘦了城市的身躯

溪情竹韵

『王景集著』

〖 我知道 〗

北方下了好大的雪
南方也被冻雨笼罩
花、鸟都到南方的南方
躲避寒潮

开花的树，没有了鲜花的围绕
也没了鸟儿们婉转的鸣叫
裸露着，将要冻僵的身驱
接受着冬的洗礼
爱的严拷

知道你怀着道枝的心跳
知道你在等着春天的来到
一切都会回到从前
幸福欢闹

〖 醉在春天深处 〗

春风轻柔地推我，躺在
嫩芽的床
甜蜜的酣
酒的芬芳
幸福涌上了枝儿的胸膛

溪情竹韵

『王景集著』

春风温柔地扶我，睡在
花蕊的闺房
神往的翼展
不觉天亮
快乐充满花儿心房

醉，是春天给我的遐想
醉，让我在春天深处徜徉

溪情竹韵

『王景集著』

〖走进秋季〗

1、
走进秋季，色彩纷呈
面对希望和期盼
在心的门内，是否荣辱不惊

2、
喜悦和失落共舞
交杂的泪水模糊了来的路
时间牵动的脚步，还是一样轻盈

3、
在秋的阳光里
心情繁杂、急切
过早的地跨越了冬

生生不息

【 安息吧 】

奢侈已到巅峰
贪婪的手，仍然
血迹斑斑地把欲望填充

灯红酒绿
终于让一个灵魂
暂时罢手，进入梦境

洪水疯狂
撕扯着欲望
心在浪尖峰谷收紧放松

豪华的水牢
鱼缸里逃出的鱼
张着大口在胸膛上掏洞

血色朦胧
肢体在挣扎
心在颤抖，在痛

奄奄一息
不能自持的身躯
在黑暗中，滑落、上升

豪华的墓冢
在阳光下，没人
想把这梦唤醒

安息吧　蛀虫

溪情竹韵

『王景集著』

把握现在

事物会慢慢变旧
人会慢慢变老
顺情说好话也阻挡不了

太阳有颗火热的心
变化着自己，跳动着闪耀
太阳系是他的泪珠儿失落地飘

地球的孤独寂寞
月亮知道
嫦娥哭泣是因为不能永远年少

人世似水
滚滚红尘
沟壑纵横地述说惊人的牢骚

把握现在
只要你还在大海里没被蒸发掉
世界就会对你微笑

溪情竹韵

『王景集著』

【 "暴" 徒 】

溪情竹韵

『王景集著』

一群追逐一己私利
听从统一指挥
有预谋、有计划、有目标
暴走之徒

他们从不计较天气
也不怕寂寞
用双脚走出快乐的路

他们不计较早晚、白天、黑夜
也不怕吃苦
获利、着迷的一族

他们互不相识
成帮结伙
相互照应、搀扶

他们追逐一种爱
一个梦想
摆脱缠身的痛苦

走！世俗纷扰在身边流过
心中纯净得像一泓湖水
荡漾快乐的舟橹

走！鸟语花香陪伴
心灵在净化
奔向修行的高度

走！ "暴" 徒
暴走之徒

【长大后】

长大以后才知道
童年时代，
童真、童趣多美妙

长大以后才知道
风霜雪雨，是季节
更替的快乐和烦恼

长大以后才知道
不养儿不知父母恩
父母对我们是何等的重要

长大以后才知道
人生之路很短暂
都在匆匆和时间赛跑

溪情竹韵

『王景集著』

【日子】

听着渐行渐远的鞭炮声
心被生活融化
被寂寞冻结
那个屋檐下才是日子
冰冷、难耐的真实

〖城市的蝗虫〗

在纵横的城市的垄沟
布满了蝗虫
吼着与时间争抢，机翼轰鸣
人们怨恨着，不得不退让
尾气吞噬着家园和天空
拥挤不堪的喘息
令痛，一阵阵发叫哀声
管理升级，油价飙升
还是治不了这严重的灾情
归根结底，这都是
没有心理准备所造成
没有停车场
很难解决横七竖八的乱停
不能掌控、接纳
是可以致命
面对更堵
驱虫，以法先行
禁令猛药
不容情面，不可放松
管理得法
政令路路畅通

溪情竹韵

『王景集著』

【大中国】

大中国呀，你已醒来
正在健强
再不是穷困潦倒懒洋洋
竞争的节奏，使你
脚步变得匆忙
删除、刷新、新建
一个巨人屹立世界东方

大中国呀，你的脚步越来越快
越来越明朗
世界竞争的大潮，每一浪涌
都有你的身影在拼闯
快进的节奏，使你
在时代科技的浪峰上翱翔
跟进、获取、发扬

大中国呀，你已荣昌
和谐的力量
再也不需要浮夸、虚假、动荡
奋力前行的步伐，使你
不容停歇、刚毅、健壮
开拓、创新、进取
让世界充满阳光

溪情竹韵

『王景集著』

【地球的太阳】

你是大海
鱼儿游在你的心上
你的宏大、宽容
举世无双

你是高山
鸟儿在你心中自由歌唱
你的伟岸、坚韧
中国的脊梁

你是江河
是大地的血液在流淌
你浇灌的热土
挺起了胸膛

你就是中国共产党
屹立在世界东方
崇尚和谐、科技、发展
构建地球村庄

党啊，伟大的中国共产党！
地球的太阳

溪情竹韵

『王景集著』

【东升的太阳】

党旗飘动
映着先驱们奋斗的身影
党旗飘动
尽展先烈们的笑貌音容
党旗飘动
是英雄的鲜血奔涌
党旗飘动
是前赴后继勇往直前的歌声
中国共墟党
生在五十六个民族的沃土中
中国共产党
有八千万志士的无谓支撑

健步如飞
九十年风雨无阻的征程
人类历史的长河
轻轻吟唱，你还年轻
如今你在泥潭中爬起
拨乱返正
改革开放
启动科技发展的战艇

溪情竹韵
『王景集著』

直击落后和贫穷
把死海翻腾
还有什么能抵得上，枪林弹雨
你死我活的战争
共产党员大无畏的精神
无坚不摧，战无不胜
我们更有能力医治好
成长中的病痛

成长如笋
未来哪怕巨石压顶
我们有天、地、人和
定能克服艰难险阻重重
只要把理想放得更高、更远
共产党的大旗，将被人类所擎
让我们共同珍惜、呵护生命吧
不堪负重的地球，就会在宇宙重生
鲜红的太阳
再一次冉冉东升

溪情竹韵

『王景集著』

【废墟】

拥挤遮天的钢筋水泥
压扁，挤瘦了丰硕的土地
城市被追逐，装扮
光怪陆离

五彩斑斓的街市
香风裹着铜锈臭气
有人在蜂窝里享受生活
有人在阴霾中喘着粗气
一些人涌进
一些人逃去

钱，是千面一律的工具
一边编织着历史的发展
一边制造毁灭自己的垃圾
城市，终将成为
腌制美味的废墟

【生逝】

城市再一次
静静的睁开眼睛
车轮碾着心跳，血液流动
昨日的喧嚣、沸腾
换上了新的面孔
满世界的畅快，风起云涌
五彩缤纷，春夏秋冬
生逝永远不停

溪情竹韵

『王景集著』

【公仆】

在嘉兴的渡轮上诞生
你的灵魂被植入两个字公仆
俯首甘为孺子牛
心系人民，那是你理想的起步

在嘉兴的渡轮上诞生
镰刀、铁锤已印在你的心灵深处
砸碎封建枷锁，推翻三座大山
人民当家作主，把劳苦大众领上幸福路

在嘉兴的渡轮上诞生
就注定你要肩负重任，风雨无阻
成长的路上遍布荆棘
坚韧地前行，义无反顾

在嘉兴的渡轮上诞生
九十年的忘我奋斗，历尽艰难困苦
年轻的你呀，以科学发展的雄姿
让中国在世界面前，大展宏图

溪情竹韵

『王景集著』

皇姑，我的爱人

皇姑，你是七千二百年前飞来的金凤凰
落在中国东北，一个叫奉天的龙脉上
繁衍、耕耘，龙飞凤舞
尽显朝霞、暮霭和谐吉祥

皇姑，是你拯救了一位溃败、落魄的君王
为一个朝代的崛起点燃了希望
金凤凰引领金戈铁马，奉天建都
谱写出二百九十六年的昌盛、兴旺

皇姑，你历尽沧桑
贫穷，困苦，破衣蓝衫的形象
并未掩盖你内在的高洁、儒雅
众人心中热恋的姑娘

皇姑，你是我追逐的梦想
你越来越年轻，象花一样
梦牵魂绕的情节
让我永志不忘

皇姑，不因为你是公主，地位高尚
追逐你贤淑、温柔、善良
我的恋人啊
早已为你准备好嫁妆

皇姑，你的微笑胜于太阳
为你我愿意捧出肝肠
我的爱人，来吧
明天你就该浓妆，盛艳登场

注：皇姑，地名，位于辽宁省沈阳市
　　西北部，是沈阳市的一个行政规划区。

溪情竹韵

『王景集著』

静静地走在长江街上

静静地走在长江街上
仿佛能听到潮水的流动
那些流动的声音
正是都市之春的沸腾

静静地走在长江街上
浮尘的往事在眼前纷呈
易货交易、地摊、杂货地、农贸、旧物市场
把长江街捧出了名

静静地走在长江街上
听到了历史车轮的轰鸣
北行农贸市场成了改革大潮的第一面旗帜
弄潮的北行，一炮走红

静静的走在长江街上
改革三十年风起云涌
挥洒鲜血、汗水，建成沈阳第三条商业街
沈阳皇姑人在此虎跃龙腾

静静地走在古老的长江街上
人流、车流，商厦上演时代的歌颂
不堪回首的往昔
早已化作现代化的春风
暖暖的，暖暖的
吹进人们的心中

静静地走在闪着现代光彩的长江街上
每一个脚步都在奏响华丽的乐钟
他是中国沈阳的星光大道呦
繁星点点簇簇
铭刻皇姑人铿锵创业之声

注：长江街位于沈阳市皇姑区，是沈阳市
　　第三条商业街，旧貌换新颜。

溪情竹韵
『王景集著』

教师节
——一位老师的感言

今天是教师节
老师接受你们的情感，但
决不接受你们的铺张
老师的泪，已填满眼眶

学生们，作为教师
和你们的父母一样
希望你们健康快乐成长
成为国家的栋梁

你们吃的饭
穿的衣
都是父母，血的缝制
汗的能量
你们的每一点进步
每一点成绩
每一点成长
都是父母的挂肚牵肠

作为老师、长辈
深知你的叛逆行为
更知道你淘气的小伎俩
爱，你们科技的头脑，超前的思维

溪情竹韵

『王景集著』

恨，你为什么不听教诲
怜，掉队的小鸟
想，你长大后的模样
精心扶你骑上骏马
幸福的看着你们，奔向
快乐的海洋

今天，教师节
你们围拢在老师的身旁
宝贝，都变成了沉稳的鹰
都奋战在业业行行
是你们承接了那支画笔
是你们挺起了中国的脊梁
你们的喜怒哀乐
都刻在，老师的心上

老师为你们骄傲
高兴，你们成长的历程没有忘
那是一笔财富呀
留给下一代分享
中华民族的祖训代代相传
中华民族万古流芳

溪情竹韵

『王景集著』

【离巢的雏鸟】

不知道他是怎样离巢
更不知道他为什么逃跑
他很幼稚，还是只雏鸟
在城市的众多宠物面前，瑟瑟
等待死亡，父母在遥远的地方哭喊
一只人类的大恋
怜悯而轻柔的护住了他
那只乖乖的雏鸟，不知能否如愿
长大，飞翔，归巢

溪情竹韵

『王景集著』

【历史的悲壮】

太阳仍然鲜亮
纷扰并未停息
这是生灵丑恶的表象

河水仍然流淌
争端并未停止
这是人类生存的孽账

美好闪光开场
众生悉数亮相
起起伏伏历史发展悲壮

【母亲泪】
--母亲节写给母亲的歌

母亲的泪
如春天里低眉的垂柳
绽放着希望
饱含淡淡哀愁
喜也泪流
悲也泪流
流出田野里的条条垄沟

母亲的眼泪
如屋檐上融化的冰溜
绽放梦幻、渴望
滴滴晶莹剔透
冬也泪流
夏也泪流
坚韧地把巨石穿透

母亲的泪
是荡涤尘埃的守候
繁衍着生命
饱含痛苦的感受
苦也泪流
乐也泪流
凝聚成坚韧不拔的追求

溪情竹韵
『王景集著』

破旧的 "拆"

在城市的四合院里，一棵老树
被伐倒了。树的年轮
像涟漪一样扩散开来
使城市震荡，拔节

那些曾经的念想
都因此被封存
那个 "拆" 字，让他知道
这是早晚的事，但
没想到这样快，就在今朝
城市向他，舍己为人的壮举
致敬、哀悼

上帝感动得举起画笔
很快，他的身影
站成风景，把城市炫耀

【重负】

当呱呱坠地时，就
背上了地球赋予的重负
成长的路上，寻觅
解脱痛苦
现在没有几人，能冲出
如此黑暗、寂寞、孤独
焦灼的人类，在
裂变的煎熬中有笑有哭

溪情竹韵

王景集著

〖沈阳啊，沈阳〗

沈阳啊，沈阳
太阳鸟栖息的地方
一代古都，详安帝王
紫气浩荡，和谐通畅
沈水之畔，永不落的太阳

沈阳啊，沈阳
弯弓射雕任徜徉
有山擂水，福地圣光
棋盘有灵，智慧之邦
沈水之畔，金涛霞光万丈

沈阳啊，沈阳
伫立在世界的东方
国际品牌，世界之窗
花海荡波，人杰时尚
沈水之畔，欢歌热舞的海洋

溪情竹韵

『王景集著』

【生命感悟】

1、
人生，来来去去
走上这舞台容易
走下这舞台容易
在舞台上的演出，将
耗尽你所有的精力
曲曲折折
最后都是一个轨迹

2、
生活，会在每一次日出的时候
重新展现在我们的面前
你只要不是懊悔的、颓废的
你只要还有一点自信和勇气
公平，就会同样使你得到机遇

3、
逆、顺寻常事
生、死总有期
生为何来
死为何去
明灭之中，本是
你存在的价值、意义

溪情竹韵
『王景集著』

【生活】

当你抗上了生活
脊梁会叮嘱你
苦难和沉重会伴着你过
脚步会告诉你
路的起伏、艰辛、曲折
追寻，会让你感知
时间飞驰的列车

当你卸下生活
回忆会伴着你苦和乐
身后的云烟
化作与理想齐名的星座
恩怨、贫富的碎片
拼凑同样炫彩的棺椁
愧疚、后悔、遗憾
自有后人评说

溪情竹韵

『王景集著』

《 生命就是一餐 》

躺在电脑前
抚弄键盘
病痛都是云烟
爱的大幕就在眼前
轻轻撩拨
生命的列车速度减缓
透过小窗
我看到了尘世的顶端
生命就是一餐

溪情竹韵

『王景集著』

《 迷航城际的蝶 》

一只美丽的黑色蝴蝶
无力的扇动两片诱人的纹身
在灰色的城际，车流热浪的上面漂浮
为什么会闯入这绝望的境地？她在挣扎
为什么掉入这吞噬生命的的漩涡
迷茫了，身体在下沉
她抓住了最后的希望
奋力扑向那块寂寞、孤独的绿
她今后会是什么样的境遇

【盛华】
——盛华商务会馆之歌

盛华、盛华商务，温馨的家
兄弟姐妹团结紧
你我相聚盛中华

盛华、盛华商务，升腾的家
你追我赶齐向上
你我拼搏盛华夏

盛华、盛华商务，可爱的家
不管是艰难困苦
你我不弃，爱着她

盛华、盛华商务，伟岸挺拔
你是中国的骄子
我们举步闯天涯

溪情竹韵

『王景集著』

【网络战争】

中国网络史上，第一次
没有硝烟的战争
战线拉开，阡陌纵横
利益、安全
垄断、锄奸
不绝于耳的厮杀声
呼唤着公正、公平

战争，唇枪舌战
愈演愈浓
谁在强奸民意
是谁欺世盗名
谁在仗势欺人
是谁恣意横行
谁在伸出魔掌
是谁把民心搅动
……

战争，愈演愈烈
流离失所，避难的百姓
奉上膏脂，为什么
还在猛烈的炮火下，忍辱负重
争夺到底是为什么
你们心底最明
想让网络世界这个舞台坍塌
那是妄想，不能
浮舟的水呀，是举国万众

溪情竹韵

『王景集著』

【 死人 】

死人了
吹吹打打，乐声横空
雇人来哭十八包
盛大的道场
子女接份子，忙个不停
不知是高兴
还是悲痛

火化成灰
请来风水先生
选了墓地
不知是为了子孙
还是为了死去的列祖列宗

来的哭
死的静

溪情竹韵

『王景集著』

【危在旦夕】

历史的战争烽烟
还没有散去

德班，召开
关于整个地球的会议

都是为地球的利益，为什么还
争吵不止，分崩离西

发达、不发达地域
最终都是一体

地球毁灭了
还有什么能，不随之而去

人类的劣根性，自我
在阳光下，裸露无余

不要再耗时了，签了吧
我们都已危在旦夕

溪情竹韵
『王景集著』

【我的祖国】

我的心随着你的心在跳
轰轰，地动山摇
我的祖国，茁壮成长
世界在你的怀抱

我的心情随着你的心情
嗨嗨，越来越好
我的祖国，奔腾飞跃
脚榍超越前进的号角

我的脚步随着你的脚步
喱喱，越走越高
我的祖国，屹立在东方
世界任你领跑

啊！我的祖国
我们为你骄傲

溪情竹韵
『王景集著』

游子，天宫一号

他腾空而起，义无反顾
尽情地释放着内心的火焰
他是一颗新星
走进了宇宙的新纪元

他没有回头，走得坚决
但他没有忘记
无数双手与他相牵
在他心中，装满亿万人民的期盼

我坚信，他没有走远
就在地球的身边
我们看得到他的身影
他的喘息就在我们耳畔

在外的游子啊
为家做着巨大的贡献
传回的消息说：准确、无误、抵达
会牢牢地守候着那个空间

保重吧！游子
这是母亲最大的心愿

溪情竹韵
『王景集著』

〖醒悟〗

你我都是宇宙的浮尘
还没大彻大悟
不能把握自己的命运

你可知道
粉丝是明星的财富
群众是统者的金

当我们聚集在一起
便是无所不能的神
你我才是世界的主宰
会让世界精彩绝伦

溪情竹韵

『王景集著』

〖勇敢的智者〗

一只木虫
在干枯的树干里，伸出头
终于挣脱了黑暗的束缚
刺眼的光，扎向他的喉
勇敢的智者
躯体被无情的风卷走
为他歌唱吧
他获得了自由
为他祈福吧
他的智慧，使他
在崭新的世界里遨游

〖游子归〗

游子，你在他乡
痛苦时是否想起爹娘
是否能听到妈妈呼喊，看到
妈妈痴痴地盼望

游子，你在他乡
寂寞时是否想起爱的暖床
是否能听到妻的叹息看到
妻子泪的流淌

游子，你在他乡
忧伤时是否想起兄弟情长
是否能听到友情的呼唤，看到
儿时那株小树的茁壮

游子，你在他乡
困惑时是否想起老屋的梁
是否能听到解惑的声音，看到
那绺红布条，为你闪耀的光

游子啊，你何时还乡
游子啊，你何时返航

你看到了吗，一轮弯月挂东窗
那是企盼，那是感伤
你看到了吗，一轮圆圆的月亮
那是团圆，那是愿望

游子啊，你何时还乡
游子啊，你何时返航

溪情竹韵

『王景集著』

【挣扎的地球】

地球在呻吟
绿的肌肤被滚动的黄沙刺痛
钢筋混凝土
泡沫般的蒸腾
酿成了地表不治的顽症

地球在颤抖
血液在苍茫中流淌不停
强烈的心跳
如大海的咆哮声
那是对吸血鬼最后的抗争

地球在预谋
策划2012年的行动
拼个鱼死网破
给病魔以回应
同归于尽，寻找重生

溪情竹韵

『王景集著』

【再回八王寺】

冥冥中，由神的指引
我悄悄的降生在八王的身边
他的静默、庇佑
在一场大雪的覆盖下，睁开
世代风尘，迷失的双眼
第一口乳汁，吮吸
八王寺圣泉的清冽甘甜

我成长于共和国的神圣与威严
无知地略过
狂风浊浪撕扯八王的衣衫
惊恐，遁进
阿济格八王的臂弯
老屋中的嬉戏
河泡沿的狂欢
体育场的绿茵
铁道北，田野、流水潺潺
蝴蝶、蜻蜓
蛐蛐、蛙鸣
八王寺汽水浸泡的童年

溪情竹韵

『王景集著』

下乡上山，一别

四十载，霜鬓

暮颜，再回八王寺

比比皆是高耸的楼盘

记不得了，认不得了

八王寺里的八王啊

携着低矮的棚户，全身巨变

他的静默、庇佑

在香云和钟鼓声中，掀开

盛世和谐的诗篇

八王寺的圣水

流入圣瓶，普渡塞北江南

溪情竹韵

『王景集著』

【中国，在我们心中】

中国
你是我们的母亲
你是我们热恋的家庭
你养育了我们
让我们在世界面前挺起了胸

中国啊
你有明媚的阳光
也有阴雨蒙蒙
走出泥淖是你的引领
走向世界是你的奇功

中国
你是我们美丽的家园
你是我们可爱的园丁
你教会我们勤劳、勇敢
让我们学会睿智、宽容

中国啊
你有坚强的臂膀
黄河、长江、长城
世界的大中华啊
你永远在我们的心中

溪情竹韵
『王景集著』

〖做恶者之死祭〗

我看到了
做恶者之死
我看到了
笑脸、喜悦至极
鞭炮、舞蹈之祭
善有善报，恶有恶报
在信念的碑上，重重的刻上了一笔

他再也不会设下陷阱
不会搬弄是非
他攫取的财富
成了正义唾弃的罪

他再也不会害人
不会颠倒白黑
那狰狞的脸，已被正义之魂烫平
成了万人踩踏的冢

在通幽的十字路口，围成祭坛
给他带去唾骂和笑声

溪情竹韵
『王景集著』

步古
之韵

〖 悲秋 〗

低云锁清秋，
历经不觉愁。
时光匆匆过，
过往怕回头。

溪情竹韵

『王景集 著』

〖 晨曲 〗

阳光穿透冰冷，
湖水挥洒温暖。
山峦雾霭缭绕，
小村炊烟舒缓。

【 春雪 】

一夜春雪满树花，
欲与媚娥比芳华。
遮天蔽日挥愁云，
壮景一宵徒描画。

溪情竹韵

『王景集著』

【 闺怨 】

四季冷暖入空帏，
人寰爱恨和珠泪。
日月不屑红尘事，
满腔温情寄予谁。

〖 中秋感怀 〗

明月照醒万家愁，
浩日推转时光流。
低头半载尚无果，
举首一年又中秋。

溪情竹韵

『王景集著』

〖 春怨 〗

昨夜暖酒遇朔风
可怜春夜不入梦
翻卷伸舒飘雨雪
空留一相刻骨情
渐行渐远苦无泪
几番推拉心萌动
莫让伊人空寂寞
无奈芽蕊绿茸茸

【 2011中秋夜 】

1、

八月十五月朦胧，
风筝舞动满天星。
广场歌舞果酒香，
思亲赏月乐其中。

2、

金风托苍穹，
广寒寂无声。
天涯共此时，
圆月暖融融。

溪情竹韵
『王景集著』

【 登天华山 】

天华山麓细雨

兴临攀登雅趣

天合俯瞰云海

瀑唱潭笑山绿

胸前暖暖汗滴

脊背潺潺小溪

峡仄环响心悸

暮归回望欣喜

注：天华山位于辽宁
　　宽甸满族自治县

溪情竹韵

『王景集著』

【国衷日】

玉树临难举国衷
宛虐血泪挂心怀
众志成城人间情
振家兴国时可待

溪情竹韵

『王景集著』

【和诗】

何提当初少年勇，
金戈铁马论英雄。
人生自古谁无老，
青史无名凤传颂。

【和诗】

人间正道本无阻，
欲速迷茫奔歧途。
人间自有天理在，
迷途知返方知苦。

溪情竹韵

『王景集著』

【绝句无题】

礼轻情意重，
含泪苦相送。
感恩意难达，
知遇藏心中。

【 题图诗 】

云卷云舒不知年，
瑞雪织衣兆丰田。
婷婷玉树开银花，
一腔豪气天地间。

溪情竹韵

『王景集著』

【 题图诗 】

孤坟一座树遮掩，
白云朵朵蔽蓝天。
裸身大地压白雪，
孤魂泣舞旷野寒。

〖 眉心印象 〗

眉心一点志中央，
荷花露角水中漾。
和风细雨波连波，
青蝶引来百花香。

溪情竹韵

『王景集著』

〖 柠檬印象 〗

柠檬枝头俏，
富贵显妖娆。
智深压枝低，
蒙尘且含笑。

【九月印象】

九月菊花鲜，
绽放山野间。
至尊重阳日，
皈依敬老仙。

溪情竹韵

『王景集著』

【清秋别梦】

清秋朗月相思泪，
玉箫怨曲离别情。
长夜漫漫春潮起，
两情依依伤别梦。

【女兵】

古有木兰驰疆场
挥刀立马威名扬
出生入死战敌顽
归来一身女儿装

今有女兵多威壮
文武双全铸铜墙
现代战争显神威
归来尽显玫瑰香

溪情竹韵

『王景集著』

【 念 】

中秋思月月不见，
常说破镜镜难原。
今朝又逢中秋日，
圆月何以解思念。

溪情竹韵

『王景集著』

【 得 】

秋风送爽天湛蓝，
细雨潇潇地锦缎。
亲躬鉗忘丰收日，
功成名就一夜间。

【 喜 】

葡萄藤棚赏美景，
嫦娥吴刚戏天庭。
红尘遍野皆举目，
欢笑抖落满天星。

溪情竹韵

『王景集著』

【 景 】

—藏头诗·松竹梅兰

松涛阵阵和月影，
竹影摇曳伴溪声。
梅骨铮铮化霜雪，
兰花妖娆靓轻盈。

【 晨 】

——藏头诗,春妮"格格"

春俏梅孤傲,

妮媚灶焰高。

格曼舞晨风,

格格梳妆早。

溪情竹韵

『王景集著』

【 盼归 】

大醉横卧睡

牵挂寻人归

可怜娇娇女

整夜人不寐

【 品 】

红茶美女闹茶林，
素手桃面采绿荫。
长歌一首舞夏风，
丝竹欢喜纳凉人。

【 茶 】

你家有龙袍，
我家有观音。
茶道多励炼，
样样皆上品。

【 香 】

溪水潺潺唱，
竹韵节节笙。
清茶迷人醉，
美酒赞盛廷。

溪情竹韵

『王景集著』

〖七绝 · 无题〗

情意丰满身妖娆，
墨浓遒劲花枝俏。
语浓风清难入画，
含羞弄涩钱塘潮。

溪情竹韵

王景集著

〖七绝 · 喜春〗

寒冬梅花艳群芳，
寂寞爱情披盛装。
清幽雅室映白雪，
春日绿野抱阳光。

七绝·宴

粉衣粉面粉桃花
白盏白酒白眉侠
纤指柔情寒夜短
斛光侠胆耀中华

溪情竹韵

『王景集著』

七绝·缘

梧桐枝头宜凤居，
碧水深潭适龙潜。
鸾凤齐鸣弄清影，
天地人和终有缘。

【 盛世素描 】

琴笛随风遥花影，
玉街穹宇疑似梦。
繁星似锦空难留，
盛世荣庶胜仙境。

溪情竹韵

『王景集著』

【 心祭 】

旷日墓冢无清影，
骤闻乡路车长龙。
鲜花祭品映孝子，
春风细雨又清明。

【 悟禅 】

花树绽放遍南山，
蝶舞翩翩编花环。
浅出深居悟禅道，
哇鸣孤灯夜相伴。
流年经月殊不知，
只识花果岁又添。
把酒桑麻摇头对，
醉卧呓语诵诗篇。

溪情竹韵
『王景集 著』

【 泳温泉 】

池水蒸腾翻动，
鸳鸯嬉戏欢腾。
一泓池水妒嫉，
欢愉撒满笑声。

溪情竹韵

『王景集著』

【 浴汤 】

朝辞沟汤沐东汤，
青山满目水歌唱。
云蒸霞蔚托旭日，
休闲蓄志神气爽。

注：沟汤、东汤系温泉地名。

〖 中秋小聚 〗

秋日光照鲜，
十五月儿圆。
情深醉花阴，
友乐伴君眠。

溪情竹韵

王景集著

〖 壮歌 〗

太阳出来了上战场，
赢得胜利啦回家乡。
载歌载舞呦迎亲人，
抱起新娘喽入洞房。

友情鸣谢：

解　明、许光荣、王守勋、佟殿臣、郎恩财、刘振超、
杨兆峰、李秀珊、杨永信、
高景和、董晋骞、盖恒艳、杜　桥、孙世昕、马　强、
阿　兰
姜　欣、王元石、广　陵、王秀森、滕　华、高晓棠、
钟　尧
朱宝明、王艺萦、刘静楠、张　新、刘　玲、孟祥瑛

封面题字：孙恩同
　　　　　　（中国画家、沈阳鲁迅美术学院教授）（封1）
封底题字：萧书印
　　　　　　（北京人民画报社）（封4）

图书在版编目 (CIP) 数据

溪情竹韵/王景集著.-- 沈阳：辽宁大学出版社，
2012.7

ISBN978-7-5610-6852-6

Ⅰ.①溪… Ⅱ.①王… Ⅲ.①诗集-中国-当代
Ⅳ.①I227

中国版本图书馆 CIP 数据核字 (2012) 第 164883 号

出 版 者：辽宁大学出版社有限责任公司
（地址：沈阳市皇姑区崇山中路 66 号 邮政编码：110036）
印 刷 者：沈阳海世达印务有限公司
发 行 者：辽宁大学出版社有限责任公司
幅面尺寸：145mm×210mm
印 张：7
字 数：18 千字
出版时间：2012 年 7 月第 1 版
印刷时间：2012 年 7 月第 1 次印刷
责任编辑：张家道 董晋骞
封面设计：王艺索 刘静楠
责任校对：合 力

书 号：ISBN 978-7-5610-6852-6
定 价：38.00 元
联系电话：024-86864613
邮购热线：024-86830665
网 址：http://www.lnupshop.com
电子邮件：lnupress@vip.163.com